明日またね

平田容子

文芸社

本書は『物は見よう気は持ちよう』（アタック・メイト社、一九八六年刊）を再編集し、新たに第七章を追加し、改題したものです。

目次

第一章　最初はジャブで、読者の気持ちを探ってみます

第二章　鬱の移り香、主婦の移り気

第三章　犬の常識は猫の非常識。そしてその逆も……I

第四章　犬の常識は猫の非常識。そしてその逆も……II

第五章　家族もどきも家族のうち

第六章　我、師の影の谷を歩むとも……

第七章　明日またね

第一章　最初はジャブで、読者の気持ちを探ってみます

子どもは質か量か

「先生、お子さんは何人いらっしゃるのですか？」

幼稚園のお母様方はよくこんな質問をする。そしてそのたびに私はこう話して聞かせる。

結婚して間もないある寒い冬の夜、神様が私の家にいらっしゃった。そして私にむかっておごそかに言われた。

「徒よ、汝《なんじ》に子どもを授ける。汝は質と量とどちらが欲しいか」

私はとっさに答えた。

「神様、どちらかというと、私に質より量をください」

神様は白いあごひげをなでながら「よろしい。汝の希望どおりにしてあげよう」と答えるやいなや、すうっと白い煙に乗って消えていった。

そんなことがあった日から十ヵ月後に長女が生まれ、六年の間に一男三女、四人の子どもが生まれた。やさしい元気な子どもたちだった。どの子も幼稚園を卒園するまで賢そうな子どもたちだった。

小学校に入ってテストを持って帰るようになると、神様との約束が次第に思い出されるようになった。あのとき「神様、私に質より量をください」となぜ言ってしまったのだろうか。
「神様、私に質と量をください」となぜ頼んでみなかったのだろうか。叶えられなくてもともとである。

時が流れて、長女と次女が結婚適齢期になった。長男は大学生、三女も大学生、両親より背丈も伸び、記憶力もいい。「神様、あのときの約束は冗談だったと言って」そっとつぶやき、ウフフと笑っている親ばかに変わってきてしまった。
「子どもの数は少ないより多いほどいいわ」って、妊娠可能性のある家を一軒一軒もれることなく訪問したいと、覚悟を新たにした。

条件反射

十五年も幼稚園長をしていると、職業意識からか、見知らぬ女性でも妊婦服を着て歩くようになると、自然に頭が下がりいつか挨拶を交わすようになる。そしてその家におむつが干されるようになると、私の日記には「昭和○年○月○日○○さんの家におむつが干された」と書きしるす。

時が三、四年過ぎ去り、そのときの子が幼稚園に入るころになると、その子の生育の過程が走馬灯のように頭の中に映しだされる。あの子のお母さんは大きなおなかだったので、あの子もあんなに丈夫な子なんだわとか、あの子のお母さんは妊娠中よく働いていたから子どもが活動的なんだわとか。しかし近ごろはパンパースというものが出現し私の目を狂わせてきた。

出産で思い出したが、園児M子ちゃんの家に子どもが生まれた。

「先生、うちのお母さんのおなかから赤ちゃんが生まれたよ」

とM子ちゃんが報告に来た。

「まあよかったわね。男の子、それとも女の子」と教師は質問した。

「先生、男の子だよ。二人生まれたよ」

それからが大変である。その日の職員室の話題はM子ちゃんの双子の弟のことばかりだった。

「どうりであのお母さんのおなか大きかったわねえ」出産したこともない独身の先生までそんなことを言ったりした。園児のお母様に聞かれるたびに、「M子ちゃんの家は双子の男の子が生まれたんですって」と答え、共に驚いたり喜んだりした。

一週間が過ぎてM子ちゃんのお母さんが一人の男の赤ちゃんを連れて退院してきた。生まれたのは一人だけだった。新生児室にだれか他の女の人の産んだ赤ちゃんが寝かせてあったのだ。

M子ちゃんは言った。

「先生、お母さん、一人しか産まなかったの」

少しの悪びれもなく澄んだ目だ。間接的に話をしてしまった私は、どうしたらいいのか。

「園長先生は園児募集に困っているから頭が少しおかしくなったのかも」そんな声が聞こえてくるようだ。

成績なんて……

夏休みに入るころになると、「お宅のお子様、どちらの予備校でざあますか」と、予備校にも通ったことのない母親どものこんな会話をあちこちで耳にする。

「宅の子はS台の特別クラスでざあますの」

「宅では××予備校です」

「あら、その予備校新設でござあますの？　初めてそのようなお名前聞きました」

こうなっては会話もとぎれがちである。右を向いても左を向いても偏差値……。こんな時代に学生をやらないでよかった。偏差値なんてわが子にまかせておけばよい。親は子どもの持ってくる偏差値をのぞきこみながら、株価の変動のように喜んだり悲しんだりしていればよいのだ。

昔は偏差値などなかったが優等制度があった。学年末には、必ずこの制度に悩まされたものである。学力だけでなく品行とやらもよくなければならない。五月生まれの私は、小学校時代は成績はまあまあだったが、行いのほうの保証書はついていなかった。青空市場の電気製品の叩き売りのようなものであった。授業中、教師の教え方が下手だなあと思ったり、いまの質問は教師用指導書の何ページに書いてあったとか、地方なまりの教師が詩の朗読をしていると、代読してあげたいなと思ったり、そんな旺盛な内面活動が表面に出ないはずはない。私のことを「すいかのできすぎ」と言った教師がいたとか。できすぎたすいかは、食うに食えないという意味らしい。私が六年間かろうじて優等賞をとりつづけていることができたのは、保護者の仕事の関係で小学校を四校かわったからかもしれない。すなわち性格の悪さが表面化しないうちの転校である。これも神様のお恵みだったのだろうか。

現代子ども気質

「私の子どものころは」「私の若いときは」という言葉は、現代社会では通じない。子どもとの対話を通して現代子ども気質の一端について話そう。

新生児とりかえ事件について

一時期、産院で新生児のときに間違えられた子どもが幼児期に入ってからその間違いに気づいたという事件が何件かあった。そんなことからヒントを得た小説やテレビドラマなどがあった。もしかしたら私の四人の子どもの中にもと、そんな想像をめぐらせて、一人でスリルを感じていたころがある。主人と私の子ならば、あらゆる面でもう少しできがよさそうだと思ったからである。そこで一人一人の子どもに向かってとりかえ事件についての意見を聞いてみたのは十年ほど前のことであった。当時は、そんなことを聞くほど他に娯楽がなかったし、精神的におちぶれていたのかもしれない。

長女は昭和三十四年三月、東京渋谷のN産院で生まれた。四人の子どものうち、とりかえの可能性の最もありそうなのは長女である。三月五日、この日はN産院で三十二人生まれたと聞かされていたからだ。長女がとりかえられてわが家にひきとられたとしたらどうするかと質問してみた。ちょうど彼女が十三、四歳のころだったと記憶している。「ママ、この家の子にしておいてね。とりかえないで、お願い」と言った。彼女は現在とは似ても似つかないほど可憐だった。私は胸が熱くなり、たとえとりかえられた実子がどんなに美人であっても、成績がよくてもこの子を離すまいと思った。来月から一ヵ月の小遣いを一挙に二倍にしてあげようとさえ思った。いまはそんな可憐さはどこにも見出せない。

次は次女について話そう。

次女は町の産院で生まれたので、その可能性は大変少ない。三十七年一月十三日、寒い寒い日だった。夜勤の年若い看護婦は白衣を脱ぎ、綿入れのはんてんを着て、ミルクを運んできた。あのときは、たしか女の子は私の子だけであった。寝静まった夜中になると、隣室から女性のすすり泣きの声が聞こえてきた。次女がむずかって泣くその時刻であった。若い看護婦が「隣室の方、死産でしたの」とそっと教えてくれた。次女は絶対間違えられてたまるか、私は一度も次女にはこんな質問をしなかった。

さて長男のときは、中程度の規模の病院で出産した。親子とも気が早かったのか、ぎりぎりまで入院しなかったためか、入院直後に分娩室にとびこんで五分ほどで産声を聞いた。夜の八時ごろだったので、看護婦一同から、よく早く産んでくれたとお礼の言葉をもらった。お礼の言葉より、それほど喜んでもらえるのなら冷えた牛乳の一本のほうが私にはありがたかったのだが、言葉のほうが出費がかからないからだろうか。さて長男に対して、長女のときと全く同じ質問をしてみた。そのとき彼は小学校二年ぐらいではなかったろうか。「僕はここの家の子でいいよ。これより貧しかったら困るもの。このままおいてほしいけれど、もし皇室に生まれたとしたら考えちゃうな」とまじめな顔で答えた。想像しただけでおそれ多い。皇室に生まれるはずは絶対にない。これは自信を持ってわが子と言いきることができる。

さて三女である。三女は長男と同じ病院で四十一年七月十四日、パリ祭の日に生まれた。そのとき若鮎《わかあゆ》のようなピチピチした子だと思った。子どもはそのまま大きくなるもので、口も手も八丁とは彼女のような子を言うのだろうか。高校一年のPTAのあと教師と親の面接があった。担任の教師が、彼女のことを「口から先に生まれたようなお嬢さんです」と言った。私は反発しようとしたが、その瞬間、彼女の通信簿の点数が頭の中に浮かび、じっと我慢の母になった。四人も子どもを産むと、それぞれがどんな状態で生まれてきたかよくわかる。彼女を産むときは、三回のリハーサルの後だったので、実に上手に産んだ。森繁久彌さんの「屋根の上のヴァイオリン弾き」の楽日のように自信に満ちた出産であった。これは私の身びいきだけではない。立ち会ってくださった病院のT先生が、「きれいなお産ですね」とほめてくださったのをいまでも忘れないからだ。自慢ではないが、私は昔からこの方、きれいだなどと他人からほめられた経験は皆無である。このとき私は、今後は履歴書の賞罰の欄に、「きれいなお産」と書いてやろうと思った、しかしその後一度しか履歴書を提出する機会がなかった。幼稚園長の届出を昭島市役所の総務部庶務課に提出しただけである。このとき、よほど賞のところに

「きれいなお産」と書こうとしたが、当時の市長がぶったまげて卒倒するのではないかと思い、涙をのんでやめた。それでこの輝かしい賞は日の目を見ずに今日に至ったのである。宝のもちぐされとは、このことを言うのだろうか。でも無形の賞でも、ないよりはあったほうが自信につながるとあきらめた。

その三女に私は、三人の子に対するような意地悪な質問をすることはよした。なぜかと言えば、もう同じ質問をすることに疲れを感じる年齢にさしかかっていたからである。若いときはつねに情熱的であるが、年をとるにしたがって、投げやりになっていけない。やはり年若いときに子どもは産み育てなければならないと思った。しかし全く放任に近く育てたせいか、彼女は実に大らかであり、考え方もさっぱりしていていい。その三女が何年か後にこんなことを言ったのは忘れもしない。「パパとママが別れることがあったら、私は、お金を持っているほうについてゆく」

私はその日から夫婦喧嘩《げんか》をしなくなった。主人のほうが私よりはるかに金持ちであるからだ。子ども同士の対話を聞いていると、私はだんだん利口になる。この世の中は遠慮しては生きていけない。謙遜の美徳などとはとんでもないことだ。こんな気持ちがきっかけで、だんだん自己ピーアールがエスカレートしてきた。そんなある日、長男に言った。「ママはね、お金たくさん持っているから老後に一緒に住まないか」と。息子はそれに対して、「持っている持っていると言う人に限って持っていたためしがない」と。なるほど思いあたることがある。税金の申告のときに税務署の係官に、「私は収入が少なくてほんとうに困っています」と訴えていた婦人の顔を思い出した。きっと彼女は大金持ちなのだろう。

祝辞

職業柄、私は祝辞を述べることが多い。例えば幼稚園の入園式・卒園式のときには、園長の祝辞はつきものである。「祝辞は短く、幸は長く」と言った政治家がいたが、まさにそのとおりである。長々と祝辞をして、はなはだ簡単ですがと結ばれると、簡単でない祝辞をいただくためには昼食・夕食を持参し、もっと話す人を満足させるためには貸し布団屋の世話にならなければなるまい。

さて私がぶっつけ本番であるならば、すべて計画的な主人の祝辞は、原稿用紙に書き、一字一句間違いなく暗記してしまう。それだけならまだ無難だが、リハーサルと称して私に聞き手になることを強要する。

何年か前の卒園式の日のことであった。祝辞は園長である私から始まり、次に設置者である主人の番になる。私は水の流れるように滔々《とうとう》と祝辞を述べた。終わり近くになって、はてなこれはどこかで聞いたような文章だと思ったが、そのときは手おくれであった。その祝辞は一昨日から主人がリハーサルに私に聞かせたものと一字一句ちがっていなかった。しまったと思ったが後の祭りである。あのときの主人の困った顔をいまでも思い出すと、笑いが噴き上げてくる。そんなことがあってから、彼は私の前でリハーサルをしなくなった。人生何が幸いするかわからないと思った。

母から聞いた話

三十五年間も小学校の教員をしていた母は、子どもが心から可愛いと言う。いつまでも「おばあちゃん、おばあちゃん」と小学生の友達が遊びに来る。「おばあちゃんって可愛いねえ」と子どもに言われても、まんざら嫌な気持ちはしないようである。

いまでこそ、非行非行と騒がれて、生徒と教師の間になんとなく溝ができることもあるが、昔の子どもたちは教師を神様の次だなどと思っていたらしい。母はそんなよき時代に教師であった。

その母は無類の猫好きであった。ある日クラスの子に向かって、「先生は猫が欲しいんだけれど、家に猫のあまっている人はくれないかい」と言った。次の日、A子ちゃんが可愛い子猫を持ってきてくれた。喜んだ母はさっそくA子ちゃんの母親に電話をしたら、A子ちゃんの母親が言った。「先生、私の家は猫は飼っていませんよ。何かの間違いではないでしょうか」と。翌日、A子ちゃんに聞いたら、「先生の喜ぶ顔が見たかったので道に遊んでいた猫を連れてぃったの」としょんぼりと答えた。そんなやさしい子供心を思うと、いまでも涙が出そうだと言う。

「昔の光いまいずこ」ではないが、どうして教育の場もこんなに変わってしまったのだろうか？　いまのわるがきどもは、教師の可愛がっている猫を、「よう、せんこうの猫、丸焼きにして食っちゃおうか」とも言いかねない。その後その猫はいったいどうなってしまったのだろうか？　もう三十年以上も昔の話である。

夜学

私の子どものころ、夜になるとわが家には小学生が次々と集まってきた。夕飯の終わるころになると、勉強道具を持った小学六年生の母の教え子たちで家の中がいっぱいになる。女学校受験の勉強に来るのだ。みんな一生懸命勉強した後では、おせんべいをぽりぽり、ふかし芋をふうふう吹きながら食べてから帰る。最上級学年を担任していた教師の家庭の夜の風景であった。

いまのように学習塾のない時代で教える側も教わる側も楽しそうだった。別に月謝をもらっていたわけではない。ただし、五十年過ぎて六十歳になった教え子が、いまでも同窓会をしている。子どものころお世話になったからと小遣いを送ってくる者、冬の寒さにこのセーターを着てほしいと送ってくる者、いまも教師と教え子の絆《きずな》は切れない。そんな師弟関係は、いまでは望めないものだろうか。

近ごろでは家族関係も稀薄になっていくように思えてならない。「友達の友達はみな友達だ。世界に広げよう友達の輪」なんてタモリさんはやっているけれど、わが家の子どもたちだって、そんなことを言わなくたって親より友達のほうがよくて、親はほっぽり出されている。

「世界に広げよう家族の輪」って言ってくれないかなあ、と親しい女友達に提案したら、友達は、血相変えて怒りだした。

「冗談じゃねえや、世界の方々に家族ができてたまるか。そうじゃなくてもうちの亭主なんか、なんの用事か知らないが五回も台湾に行ってるじゃんか」

よく教養あふれた貴婦人が、こんな言葉を使えるものだ。家族の輪が広がって、よっぽど腹にすえかねていることがあるのかもしれない。

らしさは大切

「らしさ」ということがどんなに大切であるかということを学生時代に学んだ。子どもは子どもらしく、青年は青年らしく、大人は大人らしく、親は親らしく、教師は教師らしく、こんなことを挙げていくときりがない。

現代の生徒に「理想の教師像は？」と質問すると、ほとんどの生徒は「友達のような先生です」と答える。それでは「理想の親とは？」と聞くと、「友達のように話のよくわかる親がいい親だ」と言う。それならば、世の中みな友達で、教師らしい教師、親らしい親はどこへ行ってしまうのだろうか？

わが家の娘どもに、理想の親ってどんな親かと聞いたら、あまり干渉しないで若者に理解を示す親と言う。ここでも友達のような親子関係を望んでいる。

そっちがそっちなら、こっちにも考えがある。そうなってあげようではないか。一番簡単なことである。その代わり、朝早く起きて弁当を作ってあげないし、月謝はおろか小遣いも与えないことにしよう。何も友達の月謝まで払ってあげることなどさらさらない。そんなことをしてあげることは大変出すぎたことであり、第一、相手を見くびっているようで申し訳ないと思う。明日からもうやきもきすることはやめようと決心したが、何日続くことだろう。小遣い一つにしても、はて頭がこんがらがってくる。そもそも小遣いとは、英語ではPocket moneyということで、ポケットに入るくらいのわずかなマネーを意味するが、現代の子どもたちは、そんな生やさしい金額で満足するような可憐さは持ちあわせていない。彼らを満足させるためには、ショルダーバッグマネーである。子どもにあげた小遣いの利息計算をするわけではないが、親は親らしく、教師は教師らしいプライドを持つべきであると思う。友達の輪が世界に広がり過ぎたんじゃないかと思うが、どうですかタモリさん。あなたも責任の一端を負ったらどうですかと頼んだら、「いいとも」と答えてくれるだろうか。

針千本

私の一日は、八時半に幼稚園の門前に立ち、登園してくる親子に「おはようございます」と朝の挨拶をしながら、お子さんをお預かりすることから始まる。子どもたちの表情は千差万別である。喜んでとびこんでくる子ども、なんとなく習慣だから来るという子ども、いろいろである。

そんな子どもの中に、三年保育の「てっちゃん」という男の子がいる。やさしくて愛らしい顔だちは、母親ゆずりである。

ある日、てっちゃんは幼稚園へ来るのを嫌がった。門のところで目に涙をいっぱいためながら入ろうとしない。付き添いのお母さんの言うことには、「てっちゃんは、今日幼稚園をお休みすると言うのです。『どうしてなの』って聞いたら、幼稚園へ行くと針千本飲ませられるからって言うんです。いくら大丈夫だと言ってもきかないんです」

それを聞いたとたんに、園長の私はてっちゃんの手をつかんで横っとびに逃げるところだった。針一本を飲んでみろと言われただけでも、私なら泡をふいてぶっ倒れてしまうだろう。その千倍の針を飲ませられるなら、さらし首になって町中を引っぱり回されたほうが、まだましである。

「てっちゃん、だれがそんなこと言ったの？」

私は、このうえなくやさしそうな声で聞いた。

「先生だよ」

てっちゃんは小さな声で答えた。

「大丈夫よ、幼稚園には針千本なんてないよ」

と言ったら、安心したのかスキップで保育室のほうに向かっていった。

そうだ、きのう、もも組さんはお約束のあとに「指きりげんまん、うそついたら針千本飲ます」って小指をからませていたっけ。てっちゃんの悩みが身に伝わってくるようだ。「てっちゃん、ごめんね」その日は何度もてっちゃんの顔を見にいった。

計算ちがい

私は見かけによらず、大変細かいところに気がまわる。すなわち未来を見通している人間の一人と言ったら笑われるかもしれないが、このことは私の長所でもあり欠点でもある。どんな面が長所かと言うと、たとえば私の幼稚園では子どもたちに怪我らしい怪我のないことである。私をはじめ教師が、こうすればこうなるという見通しをつけ、あぶないことを避けているからだ。

そんな私にも計算ちがいがあった。適齢期のころ、もし嫌いな相手と見合いをしなければならないはめに陥ったらどうしようかと考えたことがそもそもの始まりである。相手を撃退する方法として、顔のくずし方を鏡に向かってよく練習したのである。すなわち百面相の研究であった。上下の奥歯を離せるだけ離して口を結んだ格好は、ひょっとこがくしゃみをする寸前の顔のようで見られたものではない。よし、この手を使おうと思ったが、一度もこの手は使わずじまいであった。なぜなら、年齢より若く見えた私は、一度も見合いを申しこまれたことがないからだ。見合いを申しこまれたことのない女性は、ダンス・パーティでの壁の花のようでなんとなく悲劇的である。この計算ちがいを親友に話したら、「まだあきらめることないよ。わが娘や息子の見合いの付き添いのとき、嫌な相手にその手を使うといいよ」と親友は言った。

何年かたってわが子どもが全員、独身だったら、読者よ、この手が功を奏したのだと思ってもまず間違いはない。以上、私は見合いをしたことがないので小説も書けやしない。これはいけないと、その分でしゃばりおよねになりそうである。

組分け

私の幼稚園では、入園児名を生年月日順に並べ、生年月日によってクラスを平均クラスにし、教師がくじ引きで担任クラスを決める。それなのに、お兄ちゃんの担任だった先生が次の年に弟を受け持つなど不思議なご縁である。お母さまがたの中には、何かトリックがあると思う人がいるが、決してそんなことはない。それには私自身の苦い経験が絶対にそんなことをさせない。

いまでは就学前に大部分の子どもが保育園か幼稚園を経験しているが、当時は幼稚園へ行く子が少なかった。まして私は附属幼稚園だったので、小学校では幼稚園の生徒の性格など話題にのぼっていたらしい。あの子は性格がこましゃくれていてよくないとか、あの子の家庭は教育熱心でうるさいとか。私の性格が生意気なうえに家庭が教育熱心ときていたので、三クラスあるうちに私を受けとってくれるという心の広い先生がいなかった。そこで私の名札は次々回され、もっとも教育経験の長い先生のもとに落ちたとか。いま考えてみれば、チュウチュウタコカイナと私の名札が回され、名札が回ってくるたびに、トランプのばば抜きゲームのジョーカーをひいたときのように驚き、次々に回していたのかもしれない。後日、そのことを母に告げ口をした教師がいて、そのことがくやしいと母が祖母に話していたのを、長く伸ばされた私のアンテナが素早くキャッチしてしまった。それからの私は、何となく肩身がせまく、人の顔色をうかがう子どもに育っていった。それだから私の幼稚園ではクラス編成に気をつけている。子どもたち一人一人個性があってとても可愛い。私は一人一人の園児をおおらかに育てたいと努力している。

おおらかな子

年少組すなわち三歳のクラスにK君という目の大きな可愛い男の子がいる。性格はクラス一番おおらかである。ただ彼には特技でもあり、ある面では教師を困らせる一面を持っている。それはお弁当を食べると必ず大便をもよおし、時間の経過にともない猛烈な臭いとともにズボンの後方がだんだんふくらんでくる。そのたびにすまなそうな顔をし、二度と失敗をくり返さないことを誓いながら、毎日同じ習慣をくり返す。そのうち教師も友達もその事実を気にしなくなってきた。

そんなある日、同じクラスの友達がおしっこをもらした。さっそく彼はその子のところにとんでいって、「あァあ、いけないんだ。おかしいよ、おしっこなんかもらして」とたしなめた。K君の副産物はズボンの中に収まっているだけだが、流れでて床板を濡らしてしまう水分を彼は許せなかったのかもしれない。

その日の職員会議は、この話題で笑いがとまらなかった。こせこせしないK君はとてもよい子だ、と私は思った。

母の教え子　義造君からの手紙

毎日寒い日が続いておりますが如何お過ごしですか。

お正月に突然お目にかかれ、元気なお顔を拝見致しまして、感無量の思いが致しました。

老いては居られても、昔と変らぬお言葉使いで、少年時代の良かれ悪しかれ、注意され、訓を受けたこと昨今のように想い出されます。先生が教室で頭のこめかみに梅干の皮を貼って見えたとき、私どもが「どうしましたか」と聞いたら、

「みんなが言うことを聞かないので頭が痛い」

と言われたこと、いまでもはっきり記憶しております。卒業してから半世紀を過ぎました。昨年末の同窓会も、忘れかけた友と逢えて、しみじみと健康で今日まで元気でいたこと、嬉しく思っています。


以上は、銚子市立中央小学校での教え子から母への手紙の写しである。

「かあちゃん、先生がな。今日顔の横に梅干貼ってきたよ」

「こめかみかよ。どうしてだ」

母親は子どもに聞いた。

「あのなかあちゃん。先生に聞いたらな、おまえらが言うこと聞かなくて、うるさいからだとよ」

「ほらみろ、いったこっちゃない。家でこれだけうるさいんだから、学校にいるときだけ、もう少しおとなしくしなよ。うちにもばあちゃんが漬けた梅干が塩ふいているよ。こめかみに貼るならよく効くから先生に持ってってあげな」

こんな親子の会話が聞こえてくるようだ。いまの母親たちならどうだろう。

「ねえ、おとなりの奥様、先生が子どもたちが言うことを聞かないで頭痛がするからって、こめかみに梅干貼っていらっしゃったんですって。紅茶にソネットなんて言うけれど、こめかみに梅干なんて聞いたことないわね。嫌がらせかしら」

なんて薬づけの現代婦人たちの声が聞こえてくるようだ。学校が悪いから非行がたえないんですって。そんなことを言うまえに、私も含めて反省しなくちゃあね。

＝閑話休題、第二章へ＝

第二章　鬱の移り香、主婦の移り気

大きくなったら

「ヨーちゃん、大きくなったら何になるの」

近所のおばさんたちが茶を飲みに来るたびに、きゅうりのつけものと、ふかし芋を食べながら、決まって母は私にこんな質問をした。いまなら「ちょっと待ってね」とカセットをまわすところだが、いまから四十年も昔のことで、カセットなどない。そのたびに胸につかえそうになった芋を渋茶で流しこみながら、決まって私はこう答えた。

「私ね、大きくなったら落語家になるんだ」

大人たちは不思議なものを見るような目つきで私を眺め、「ヨーちゃんならきっと立派な落語家になるよ」とひやかしともはげましともつかない奇妙な声を出す。

「うんがんばるよ、他人に笑われないような立派な落語家になる」

当時は、戦争の気配がし、人々は笑いを忘れていたころである。子供心にも笑いで他人を楽しませたいと思ったのかもしれないが、私はそのころから教師になりたかった。しかし、教育者の家庭で育った私が、教師になると答えても少しもおもしろくなく当然であることを知っていた。

私の主人は、子どものころから大きくなったら何になるかと聞かれたとき、まわらない舌で「ハカチェ（博士）になる」と答え、家人を喜ばせていたとか。

同じ屋根の下に住みながら月とスッポンの相違である。「末は博士か大臣か」そんな言葉が当時流行していたらしい。大臣になると言わないだけ彼は賢かった。大臣より博士の可能性のほうが現実的であることをそのときすでに知っていたのだろうか。

そして昭和三十三年、二十七歳の春、彼は歯学博士本邦第一号を与えられ、私は現在幼稚園の教師であり、一応は希望どおりになったが、あのときの芋のあと味が悪かったからか、芋の嫌いな五十女になってしまった。

化粧

世界中の女性が化粧をしなくなったら、時間的にも経済的にもどんなに楽になるだろう。あたかも受験生すべてが予備校に行かなくてすむのならこれにこしたことはないと同様である。ところが化粧をする女性としない女性との差が大きく開くので、われもわれもと化粧をする女性心理をとがめることはできない。よくこんなに丹念に化粧できるかと感心するくらいである。化粧は時間の浪費と思っている私は、なるべく早く化粧の完成を心がけ、なるべく大きなパフで顔面を一周する。この化粧法を一筆書きと呼ぶ。もともと素地が悪いのでカムフラージュしてもたかがしれている。

私の知人にこんな女性がいた。いつも美しく化粧をしている彼女が、たまたま素顔で歩いていると、この町内会にあんな人がいたかしらと思われるほどであった。つねに女性は化粧をして美しく飾っていればいいかというと決してそうばかりではない。長女が生まれるとき、私は精神予防性無痛分娩とやらの講習会をN産院で受けていたので、外見も美しくありたいの一心で朝入念に化粧をして入院した。何時間の後、分娩室から出てベッドに横たわり、ひまにまかせてわが顔を手鏡に映してみた。その瞬間「あっ」と悲鳴をあげるところであった。顔面一帯に世界地図が描かれていたからである。あちこちにファンデーションの凹凸があり、その上部に粉おしろいが鎮座ましましていた。そんな失敗がいい教訓になり、出産時には二度と化粧をすることがなかった。

その他朝ジョギングのときも全く同じ結果だろうと思い、化粧をしないことにした。不思議にジョギングスタイルには素顔がだれもよく似合い、大変健康的に見える。そのときそのときの状況にあわせて化粧をすればいいと思うが、私が素顔でいると、長女が「ママ、化粧水と乳液だけはつけたほうがいいわ。何もつけないと皮膚の老化が早いわよ」と言い、少し入念に化粧して満足していると、「厚化粧は老化のもと」と言うし、これでは一日何回化粧したり落としたりしてよいか身が持たない。

聞いてくださいこの計画

夏休みに入ってから三つの誓いをたてた。朝四時五十分起床、家じゅうの掃除をして近くの公園へ行き、グラウンド一周六百五十メートルを五周し、ラジオ体操をして、そのあとピアノを弾き、原稿を書く。これが私の生活のリズムであった。それなのに、私の二つちがいの姉家族などは、母と九十九里白子町のバンガローに近い別荘と名のつくところの避暑地に行き、潮騒を聞きながら今日も悠々自適の生活を送っているかと思うと、腹の虫が収まらない。だいいち、二週間も三週間もボーッとして暮らしていては、九月に入ってからまたもとの生活にすんなりと返れるなどとだれが保証できようか。

母想い、姉想いの私は、一つのプランをたてた。暇にまかせて親類、知人に、無差別に電話をする。

「もしもし、××さん、お元気ですか。私は容子です。いま母一族は九十九里、白子町に行っています。ほら、大多和呉服店の隣のあの場所を知っていますか。涼しくていいわよ。遊びに行ってあげて」

　これを聞いた親類、知人は「教えてくださってありがとう。ほんとうに恩に着るわ。さっそく行ってくるわ」と答えるやいなや九十九里白子町への訪問である。わずかな電話代でこんなに感謝されるのだからまんざら悪い気はしない。これこそ社会福祉である。

　その後の様子を姉のところへ電話してみた。「毎日のんびりしていていてハッピーでしょうね」と聞いたら、姉は疲れたような声で、「毎日毎日、めずらしい人たちが子連れで泊まりに来て、接待に明け暮れているよ」ですって。これで私の腹の虫は収まる。ずいぶん意地の悪い妹と思わないで欲しい。私のテーブルの上のスケジュール表は緻密にできていて、二組以上の客はかちあわないようにしているのですぞ。感謝してもらいたいくらいである。お姉様方、少しでも長く別荘にいてくれ、こちらはちいっとも心配はないよ。

コーヒーにクリープ

　昼休みに、私の仕事場から主人の仕事場の休憩室に行ったときのことである。部屋に足を踏み入れたとたんに、ただならない緊迫した空気が部屋いっぱいにみなぎっていた。テーブルを間にはさみ二人の男どもがあわてていた。一人は主人であり、もう一人は保険会社の社員であった。二人の間のテーブルの上には色濃いコーヒーがなみなみとつがれたカップが二つ載せてあった。「あなた、何をそんなにあわててんのよう」と、挨拶もそこそこに主人に聞いた。

「コーヒーを淹《い》れたけれど、クリーミーが見つからないんだよ。どうしよう？」

と主人は私に聞いた。どうしようたって私の責任ではない。そのとたん、私の優秀なる頭脳はひらめいた。

「自家製でよかったらありますよ」と言った。

社員は私を見上げて疑わしい目をした。私はその目に出会ったとたん、闘志がわいてきた。私の目は物語っていた。何言ってんだ、わたしゃ四人の子どもを育てるのに四十八ヵ月も製造していたんや。ちーとやそっとのキャリアではないぞよ。こんな私の心をくみとったかどうか、社員はうろたえた。念には念をと冷蔵庫を開けたら、幸か不幸かクリーミーが鎮座ましましていた。

「おれ、助かったあ」なんてあの社員は、今夜家に帰って、美人妻に報告しているのではあるまいか。

一杯のコーヒー

私が子どものころ、隣家に髪の長い美しいお姉さんが住んでいた。美しいのは顔だけではなく、声も澄んで美しかった。顔と声とともに美しい女性、そうざらにいるものではない。自己批評してみると、私など両方大したことはないが、顔よりは声のほうが美しいと思う。特に電話を通しての声が、年よりも十歳は若く聞こえると他人は言う。一面識もない男性が私の声を聞き、後日、お目にかかったときの落胆している様は、あたかも走ってきて電車に乗り遅れた男性の口惜しさと、あきらめの、両面を持った顔と共通のものが見られる。

「あなたが平田さんのお母さんですか？」とある日、中学の絵の先生が、このうえなく寂しそうな顔でたずねた。「私が平田さんで悪かったわねえ」などとは自分の子どもの成績を考えると、とても言えたものではない。小さな声で「はい」と答えると、「先日の電話の声から推察すると、三十歳代かと思いました」と言う。なんてものをはっきり言う人だろうと思ったとたん、私の目尻のカラスが歩きだし、カラスの足跡がいっそう深く刻まれた、さてその美しい隣家の娘のほうに話をUターンさせよう。

彼女は美しい声でこんな歌をよく歌っていた。「一杯のコーヒーから、夢の花咲くこともある」。そして歌っている彼女は夢見るようなうつろな瞳をしていた。そんな歌声を聞くたびに、コーヒー茶碗に植えた小さな芽が大きくなり、白い恋の花を咲かせ、花が散った後に小さな小さなチョコレートのような実がなるのかと、勝手に解釈していた。

秋の深まるころ、隣家のお姉さんの姿が見えなくなった。後日、彼女は、コーヒーを一緒に飲んだ相手のもとに嫁いでいってしまったと聞いた。

私はコーヒーはあまり好きではないが、あの甘くほろ苦い香りは、たまらなく過ぎ去った青春時代を思いおこさせてくれる。だれでもコーヒーにまつわる思い出は、いくつかあるだろう。ある人は悲しみ、ある人は喜びの思い出、一杯のコーヒーは考えようによっては罪作りなものである。

罪作りな一例をここにあげてみよう。私の大学の下級生で、遠縁にあたる大変リアリストな女性がいた。学生時代、私はもてないのに、彼女はよくいろんなボーイフレンドにデートを申しこまれたようである。ある日、ひそかに彼女に想いを寄せる男子学生にデートを申しこまれた。彼女はその申しこんだ相手をあまり好きではなかったが、ちょうど空腹時であり、あわよくば一杯のラーメンにでもありつけるかと思う魂胆から、デートに応じてしまった。ところが理想と現実はなかなかかみあうものではない。彼は、「コーヒーでも飲みませんか」と、あるコーヒー店に入ってしまった。そのときから次のような悲劇が展開されたのである。

空腹といまいましさが重なって、出されたコーヒーを生ビールでも飲むような勢いで、彼女は一口に飲みほしてしまったとか。気の毒な彼は、二度と彼女を誘わなかったそうである。

コーヒーのとりもつ縁で結ばれていくもの、別れていくもの、一杯のコーヒーは恋のバロメーターであると思った。

その他にも、こんな苦い想い出がある。コーヒーにはドリップ式のものと、インスタント式のものと二種類あるということは、いくら鈍感な私でも知っていた。しかし、それは他人の家のことであり、まさかわが家にあるとは夢にも思っていなかった。わが家では、主人と私は大変貧乏を経験したことがあるのでインスタント党であり、娘どもはやや余裕が出てきたころにわが家族になったので、ドリップ党である。ある日、わが家に上品な来客があった。この女の客にはとびきり上等なコーヒーを出そうと思ったのが失敗の原因であった。キリマンジャロと書いた缶から粒々のコーヒーを取りだした。これが、ドリップ式のものであったなどと露知らぬ私は、インスタント式にカップの中に湯を注ぎ入れたからたまらない。少しも溶けずに表面に粒々が一面に浮いた。来客はそれを見たとたんに、「ごめんなさいね、先に申すべきでしたが、コーヒーを断っていますの」とすまなそうに言った。それならばと私が一口飲んだとたんに、幼い日が私によみがえってきた。隣のケン坊と喧嘩したとき、相手の投げてきた砂が口の中へ入ったあの感触と同じではないか！　その瞬間から、私もコーヒーを断てばよかったと思った。

世の中変わった。コーヒーにソネットなんてのん気なことを言っていられたものではない。こんな失敗は私だけだろうか。この話を夜になって娘どもにしたら、このうえない不可解な目つきで私を見た。これが私の産んだ子どもたちだろうか。やっぱり産院で間違えられたのだろうと、そのとき確信した。

私の学生時代、コーヒーは一杯五十円であった。私のボーイフレンドらしき学生はいつも下級生であった。相手が「コーヒーを飲みませんか」と誘っていながら、お金を払うときになると決まって、「お姉さまごちそうさまでした」と大きな声で言うので、いつも私が相手のコーヒー代まで出させられた。コーヒーって高いなあ、と思った。そんな学生時代の想い出がいつまでも消えず、知人に「コーヒー飲んでいきましょう」と誘われると、急ぎますからと心にもないことを言ってしまって、後で誘いを受けてあげればよかったと身も世もなく悲しい思いをする。私は、とうとう一杯のコーヒーから恋の花など咲かなかった。

手料理

「あなた、お料理好き?」なんて友達に聞かれると、困ってしまう。料理が好きなのか嫌いなのか自己診断がつきかねる。好きでもないし嫌いでもないといったところである。おかしなことを言う人だと不思議に思う人に少し説明したい。その理由は、世の中のほとんどの主婦は夕方、時間をかけて料理をするが、私はこの夕方の料理を好まない。せっせと家族に奉仕しているこの時間に、ある人はピアノを弾き、ある人は読書に、ある人はテレビに、ある人は瞑想にふけっていると思うと、どうして私だけがこんなことをしていなければいけないのだろうかと思ったただけで頭に血がのぼってしまう。まして煮物の途中で電話などがかかってこようものなら、一抜けたとさっさとやめてしまいたくなる。

そんな私でも、時間によっては料理をすることが楽しいこともある。それは、早朝の時間を使っての料理である。家じゅう寝静まっている午前三時半ごろから起きだしての作業である。眠りのことを安眠というが、家族どもは果たして安眠しているだろうか? 義務で眠っているのではあるまいか? わが家で眠りをむさぼっているのは黒猫のマックスと犬の龍だけではないだろうかと思ったりすると、よけい料理をしている自分がスケールの大きい人間のように思える。それでついハッスルして一週間分に近い料理を作ってしまう。明朝は炊きこみご飯を作るんだと思う前夜は、午後七時半ごろになると眠りの神様がどこからか舞いおりて私のまぶたの上に腰をおろす。「どうしてそんなに早く眠るのか？」と主人は不思議そうに質問をするが、聞いているほうが私より学歴もあり頭もよさそうなのに、そんな質問に私が答えられるはずがない。

「あんたはお料理上手なの？」よく友人からこんな質問をされるが、そんなとき私は胸をはってこう答える。

「魚料理だけは得意中の得意よ」

それは私だけがそう思っているのではなく、味にうるさい主人も、来客に向かって、「家内はねえ、魚料理だけは上手ですよ」と年がいもなく照れながら言うところを見ても証明される。顔にも人格にも自信のない女房を持った男の思いやりかもしれないが……。

今日はいわしの煮もの、明日はさんまの塩焼き、あさってはさばの味噌《みそ》煮、その次はぶりの照り焼きだというと、悪友どもは「なんだ、みんな親類みたいだ」と言うが、とんでもない、いわしの中にさばの血は一滴も入っていないし、ぶりといわしが海の中で一晩語り明かしたなどということは聞いたこともない。血縁関係があるなどと思う人のほうがよっぽどおかしいのだ。

私の一番わるいくせは、自分がおいしいと思うと他人におしつけることだ。先日、こんなことがあった。主人の友人から松茸をいただいた。松茸などというものは、いただくだけでとうてい買って食べられるものではない。さっそく松茸ご飯を炊いて、近くに住む私の実家に半分わけてあげた。夕飯のとき、家族の喜ぶ顔を期待していた私に、三女が言った。

「ねえママ、今夜は醤油《しょうゆ》ご飯なの?」

「いやあね、音に聞く松茸ご飯よ」

と答えたら、主人が言った。

「松茸は釜の下のほうじゃないのかな。よくかきまぜたか?」

私の心はおだやかではなくなった。もしかしたら? と疑いの気持ちが湧いてきた。さっそく実家に電話をした。

「もしもしお母さん、お味はいかが? 松茸たくさん入っていたでしょう」

と聞いたら、母が、

「いいのよ、そんなに心配しなくても、ああいう高級品は香りをいただくものだから、それで十分」

と感きわまる声を出した。さてあの気品あふれる松茸どもは、ご両家のどちらに行ってしまったのだろうか？　私があまりにも期待を持って見つめたので、身の置きどころなく小さくなっちゃったのだとやっと気がついた。それでもおいしさのあまり、下ぶくれの私のほっぺたが落ちそうだった。家から離れて学生生活を送っている息子にも食べさせてあげたい……いつも私は思うばかりであるが、思わないよりは人情味があって、息子思いの母親だと自分で感心する。

百面相

独身時代からの私の数少ない特技に百面相がある。顔でいろいろな表情をつくり、全く別人のような表情をそこに見せることである。この特技を身につけるには並大抵のことではなかった。いまでも百面相をして鏡に向かうと、その変貌ぶりに、鏡の中の自分に思わず「はじめまして」と挨拶したくなるほどだ。上下の歯の間をできるだけ開けると、自然に口の中いっぱいに空気が入る。すなわち昼行灯が雨にあたって破れたようなくずれた形になり、そのままの状態でおしゃべりをすると、全く知能指数ゼロのような話し方になる。どうしてそんな研究をしたのかと聞かれると、ちょっと面映ゆいが、独身時代、嫌いな相手と見合いさせられたときの撃退法にと思ったからである。しかし幸か不幸か、この手はかつて一度も使ったことがない。それは、私と見合いしたいという男性がこの広い世界に一人もいなかったからである。

ある日、この面相を披露しながら私の悪友に告白したら、悪友は言った。

「悲観しなさるな。まだあきらめるのは早いよ。娘の見合いのときにその手を使ったら。もしあなた一人でだめならさ、私も行って応援してあげるから」

希望を捨てずに当分この練習を続けたほうがよいって百面相をしながら鏡に聞いたら、「そんなことかってに自分で決めな。あんたにつきあっていたら身が持たないよ」と鏡が冷たく言った。

私に応援してくれるって言った悪友にも息子がいたっけ。わが家の娘と見合いをさせて、立ち会った両方の母親がこの百面相をしていたらどうだろう。あんまり上手になりすぎて、何年か後に、「ねえ、どうしてあんたの子たち、みんな独身なの」って近所の人たちに不思議がられないように、ほどほどにすっか。

犬の入院

わが家には「りゅう」という名前の雑種の犬がいる。この犬は、十年前に拾われた恩を感じているせいか、素直で実に立派な犬格の持ち主である。わが家のわがままな黒猫が庭に散歩に出ているときは、どこか遠くに行ってしまわないように見張りをしてくれる。

このりゅうが七年ほど前に病気をしたことがあった。市内のある獣医さんに診てもらったら、いとも簡単に「ジステンパーですね。もうなおりませんよ」と言う。入院させてくださいと頼んでも、他の入院している犬にうつるからと断られてしまった。雑種だからって軽く見たな、ともう一人の私の腹は煮えくり返って怒った。

そんなとき入院させてもいいという、K市在住の獣医さんがいた。そしてさっそく車で迎えに来てくれた。食欲のない犬を案じて、好物の食物を教えてほしいとメモ用紙に書きとめた。飼い主の人情として、ない頭脳をしぼりだしながらふだんの犬の好物を書きとめてもらった。

「エエトかまぼこ、白身の魚、かにあし、ソーセージなんか好きです」

獣医さんがやさしそうな声で言った。

「どちらかと言うと、肉類より魚類のほうが好きなんですね」

十日ほどの入院の間に毎日のように家族が見舞いに行った。犬の食器の中にはいつも食べ残したキャットフードが入っていた。ああ、こんなことならいろいろない頭脳のむだ使いをして食物の名前なんか言うんじゃなかった、獣医さんだって、あんな遠まわしな聞き方をしなくったっていいじゃないか。「お宅の犬は、キャットフードとドッグフードとどちらが好きですか」こんな質問をしてもらいたかった。いくら私がへそまがりだって「私の家の犬は、ラビットフードが一番好きよ」なんて間違っても言わないわ。

それにこりたか、わが家の犬は入院するほどの大病はしなくなった。一年に一度くらい脱毛症にかかり、そのたび飼い主が円形脱毛症になるくらい心配したが、このごろは売薬で治るようになった。十年も飼っていると、犬も飼い主のふところ具合を理解することができるのだろう。なんて思いやりのある犬だろう。

それ以来、質問の上手な獣医さんにも会わなくなった。今日もあの獣医さんはどこかの家に行って「お宅様の犬は魚類と肉類とどちらがお好きですか」なんて猫なで声を出しながら、帰りにはスーパーにでもよって、猫缶の特売品をかごいっぱい買いあさっているのではあるまいか。

親ばか

昔から親ばかという言葉があるが、親ぐらい割の悪いものはない。子どもが人前で、「この世の中でぼくは一番、父親を尊敬しています」と言っても、あいつは子ばかだと言う人は一人もいない。反対に、いまどきの子に似合わず、なんとよくできた子だろうとほめられる。それと同様、夫ばか、妻ばかという言葉はさらさらない。わが家では、主人も私も、あまり子どものことをほめたことがない。ほめるに値しない子どもたちだからだろうかと思うと、まあまあ普通といったところだろうが、自分たちのことを例にあげるとおかしいが、主人も私も子ども時代は、模範生であった。太陽が昇ると同時に起床、日没時間には、いつでも帰宅していた。それだけでも実に立派である。そのうえいまの子のように電話代を浪費することがなかった。それもそのはず、わが家には昔、電話がなかったからだ。夜は十時ごろに消灯。電話もない時代だったから、いわんや自家用車などなかったので、排ガスをまきちらして走ることもない。勉強は一人でして高い月謝をはらって塾などに行ったこともなく、それだけでも昔の親は、このうえなくハッピーであった。

　ある日、用事があって、私の友人と二人でお世話になっているKさんと食事をしたことがあった。Kさんには二人の成人した子どもがいた。その子は実によい子だったらしく、いつも息子、娘の自慢話を聞かされた。他人のことでも、よい話は楽しいものである。つい私も先方につられ、「うちの娘は、何のとりえもないが、気立てがやさしくて、女の友達に好かれ、たくさんの友達がいるのよ」と言ったら、別れぎわに、Kさんが私に忠告した。「平田さん、あなた、娘さんのことほめすぎるから、おかしいわよ。気をつけなさい」と、とたんに耳鳴りがはげしくなり目まいがした。これどうなったってんの。

眠られぬ夜

ふくろうはふくろうでわたしはわたしでねむれない

これは山頭火の句である。私は、このあとにこんな言葉をつけたす。

私は私で眠れない、平田さんも平田さんで眠れない

眠れない眠れないと言っている人は、何を考えているのだろうか。来し方行く末か。眠れぬ夜は私は夢も希望もないことを考えている。夢は眠っているときにだけまかせておけばいい。それじゃ、あなたは何を考えているの、と友人は言う。私は、ほんとうにたわいのないことばかり考える。明日煮つける里芋の皮は、どのようにしてむいたら最もうすくむけるか……などである。

聞いている人は、「なあんだ、そんなことか」と思うかもしれないが、本人は真面目に悩んでいる。里芋だって、いまは高い。主人の収入から買った里芋である。農家の人たちも一所懸命に作ったものだ。「お百姓さん、ご苦労さん」こんな歌を国民の何分の一の人が知っているのだろうか。「みの着て、かさ着て、くわ持って」いまの世の中、そんなお百姓さんはこの世の中にいないかもしれないが、生産された里芋は昔も今も変わらない、なんとなくおどけた形をしている。上から箸をさすと、するりとすりぬける様子は、のらりくらりと態をかわして生きる世わたりの上手な人に似ている。そのうえ粘りがあるから、里芋が人間だったら出世頭じゃないかと言ったら、里芋は自信ありげに答えた。

「おいらは出世頭じゃなくて、八つ頭ですわ」だってさ。

アパート八景

昭和三十二年十月二十一日、お茶の水にあるＹＭＣＡに於いて、当時立川教会の江口忠八牧師の司式のもとで結婚した私たちは、昭島の主人の実家から七分ほど離れた六畳と三畳二間しかない二軒長屋の一角に住んでいた。長屋なんて言葉は落語に出てくるくらいで死語に近く、いまではテラスハウスと言われるものかもしれない。

「狭いながらも楽しい我が家」そんな歌が昔あったが、新婚当時はそれでも楽しく暮らしていた。そのもう一軒には夫婦と一歳未満の女の子三人が住んでいた。その女の子はなかなか個性的な子で、子どもというより三人の大人という感であった。しかしその楽しい家も、そんなに永く居住することができなかった。当時は、主人は大学院の三年生で、当時の研究室は帰宅が遅く、青梅線の最終に間に合わないことが多かったので、幡ヶ谷駅と代々木上原駅の中間にある六畳一間のアパートに移住した。

「東京の屋根の下に住む若い僕等は幸せ者」、そんな歌を口ずさんだりした。私は幸せ幸せと自分に言いきかせていたが、友達もなければ金もなかった。あるのは暇だけであった。行くところもないまま、私はよく屋根の上の物干し台にのぼり空を見ていたものである。青空を飛行機が飛べば、飛行機雲はどこまで続くのだろうと思ったり、煙が遠くに立ちのぼるのを見ては、仁徳天皇になった気分で、「おお、民のかまどはにぎはひにけり」などと独り言を言ったりしていた。当時は、必ずと言ってよいくらい一個所から煙が立ちのぼっていたものである。

同じアパートの二階に、仲のいい兄と妹が住んでいた。兄は高校の教師で、妹はとてもやさしい女性だった。ある日、その妹さんと物干し台で語りあっているとき、煙がまた立ちのぼった。私が「おお生産の煙よ」と言ったら、「あなたご存じないの」とそのやさしい女性が言った。「何？　あの煙」と聞いたら「あれはね、幡ヶ谷の火葬場の煙よ」と教えてくれた。その日から物干し台へはのぼらなくなった。

それから間もなく私は妊娠し、つわりで苦しむ日が続いた。私は、恐る恐る主人に頼んだ。

「ねえあなた、一個のコロッケを一個にするからここから引っ越したいわ」と。

さっそく主人はどこからか敷金と礼金を工面してきてくれて、「引っ越そう」と言った。行き先は、東中野駅から徒歩七分ほどの所にあるアパートの一室だった。日当たりがよいということで一日も早く移ることにした。

引っ越しのとき、車に荷物を積みこんでいると、クラクションの音が何度もした。そのたびに運転手がとんでいった。「奥さん、この道は霊柩車《れいきゅうしゃ》ばかり通りますぜ」と、運転手は言った。「幡ヶ谷の火葬場が近いからよ。今度降ろすときは大丈夫よ」と私は答えた。

引っ越し先のA荘に荷物を降ろしているとき、またクラクションが何度も鳴った。とびだしていった運転手が息せききって報告した。

「奥さん、また霊柩車ですぜ」

新しく引っ越してきたアパートは落合の火葬場のすぐ隣だった。もう引っ越す気力はなかった。

そのアパートに二年近くいた。二階建てのアパートで、上が五世帯、下が五世帯で、みんないい人たちばかりであった。特に管理人さんがいい人で、実に快適な生活の二年間だった。あのときの梶原さんという管理人さんは、どこにどうしているのだろう。

鏡

　世の中に絶えて桜のなかりせば春の心はのどけからまし

だれの歌か忘れたが、往く春を惜しみ、桜花のはかなさを歌ったものである。

　世の中に絶えて鏡のなかりせば女性の心はのどけからまし

私ならこんな歌を詠むだろう。

何年か前、私が日本橋にある三越本店に行ったときのことである。さすが日本橋にあるデパートだけのことはあって、客たちは洗練された服装で、高級品を買っていく。私などは、買い物に行くというよりは、そのファッションに触れ、自分もその中の一人になったような錯覚を持つために行く。そんな洗練された客たちの間にアカぬけない女性客がいた。なんとなくやつれた五十女だった。おお、都会のまん中にあんな女性もいるんだな、私も自信を持とうと近よってつくづく眺めたら、私の姿が鏡に映っていた。高級な鏡は被写体が実物以上に映るというが、これはなんたることか、急に体の中を冷たい風が吹きぬけていった感をいまも覚えている。

鏡といえば、美容院の鏡も大きすぎるのではないか。自分の顔を大きな鏡でしみじみと見て、実力を知り、あまり注文をつけるなよという美容界の魂胆からかもしれない。おっと髪をカットしているあなた、あなたも映っているのですぞ、と言いたいが、美容師になろうとする人たちはみんな美人が多い。鏡はなんて罪作りなのだろうか。

私自身

私自身を冷静な目で眺め、私自身も紹介しよう。まず私の血液型はO型である。血液型は遺伝するもので、自分で選べないから始末が悪い。私の父はA型で、母はO型である。父は剣道や柔道をたしなみ、マラソンで国体に出ていたほどのスポーツマンであったそうだが、姉にも私にもそんなスポーツマン的血液は一滴も流れていない。自慢するわけではないが、姉は小学生のとき、行進すると右手と右足、左手と左足が同時に前進し、見ている人は、あの大きな体のお嬢さん、お気の毒に足が悪いのかしらと目をそらし、私は私で五、六年昔、近くにある都立体育館の温水プールの水泳教室の多くの会員の中で最後まで泳げなかった一人であった。せいぜい前進五、六メートルというところである。一メートルの差は、プールサイドのけとばし方が強いときに進むメートル数であり、時のコーチは、指導に自信をなくし責任をとってやめたという話を聞いたような気がする。ざっとこんな具合であるので、二十八歳にしてあわてて病気になって死んでいった父の血とは無縁であった。

私の体内を流れている血液は、一滴残らず母からひきついだものである。そして生後五十年もたっているのだから、私の憧れていたAB型には夢にも変わることができない。それで母の性格の悪い面は全部私がバトンタッチしてしまったのである。内面だけでなく、外見もそうである。目はギョロ目、鼻はかすかにある程度、鼻の穴は上を向き天気予報型で、つねに空を見ている。顔の輪郭は鰓《えら》張りで、そのうえ色黒ときている。色の白いは七難隠すと言われているが、私は七難を顔の表面にぶらさげているのだからたまらない。でもバランスのくずれた顔も見方によっては可愛らしいと言ってくれる篤志家もいる。その中の一人に千葉大時代のM教授がいた。

そのころ私は、M先生のもとに声楽のレッスンに通っていた。演奏会近くになると伴奏者をともなってのレッスンになる。そしてこのことが、はなはだまずい結果をもたらすことになる。

私の伴奏者は大変な美人であった。M先生は、私の伴奏者F子嬢に見とれながら、「F子さん、あなたきれいね」と真に迫った声で言う。彼女が美しいうえに声楽の先生が美声で言うのだからとてもきれいに聞こえる。無視されている私は肩身がせまくて、穴があったら入りたい思いであった。しばらくして我に返ったM先生は、私が隣に座っているのを初めて気づいたようにとびあがり、「御園さん（私の旧姓）、あなたは可愛らしいお顔ね」ととってつけたように言う。私は心の中で「苦しいおせじはよしてくれ」と叫びながらも、先生ってありがたいなあって顔をして見せる。あるおせっかいばばあが、わざわざ母のところに訪れてきて、「ねえ、お宅の娘、F子さんと一緒に歩かせないほうがいいよ。F子さんがあまり美人だから、あんたのところの娘、見劣りがして嫁のもらい手がないよ」。母も心配して、「あんた、伴奏者を代えたほうがいいよ」と私に言った。

それがほんとうだったのか、私には結婚話が一つもなかった。F子さんが結婚して子どもが一人生まれたころ、やっと私にもウェディング・ベルが鳴った。

それから二十六年過ぎた。昨年M先生は名誉ある勲三等宝冠章を受けられた。お祝いにうかがったとき、先生は私におっしゃった。「学生時代、あなたってほんとうに可愛らしいお顔をしてたわね」と。その学生ももう五十を過ぎたが、先生はいつまでも有り難いと思った。

手について

口も八丁手も八丁、あの手この手、奥の手……手については、いろいろな表現がある。私の手について紹介しよう。

「奥様お手をどうぞ」という曲があるが、私は一度も手についてほめられたことがない。なぜかというと、俗にいう「白魚のような指」という表現からほど遠い指で、そのうえ節々がふくらんでいる。それだけならまだ許されるが、その日によって指の太さが変わってくるので、パーティに行く前に私の持っている指輪のすべてを拒否するようにふくれ上がっているときがある。ふくれっ面などという言葉があるが、ふくれっ指という言葉は聞いたことがない。そのうえいけないことは、私の指は小刻みに震えをともなう。他人は私が人前に出て、あがって震えているのかと思うかもしれないが、意志に関係なくいつも震えている。発声ならばビブラートですまされるが、指のビブラートはちいっとばかりいただけるものではない。そんな私がよく観察してみると、指の震えている人にはよくお目にかかる。

独身時代、千葉市の椿森中学に奉職していたころ、教材屋さんで指のふるえる六十歳くらいのおじさんがいた。そのおじさんが領収証を書くとき手が震えていた。おお同志よ、私は親しみを持って「どうして震えるのか」と聞いた。「わしはねえ、一昨年、高血圧でぶっ倒れてから、こうなっちまったんだ」と答えた。とたんに私は背筋が寒くなった。そのときから、二度とこんな質問をしまいと決心した。

小学校時代のことであった。私は太字は大変上手だったそうな。そこで受け持ちの先生は、私の習字を県展に出そうと、放課後、私を呼んで書きぞめを書かせたら、名前の細字のところで手がふるえて失敗し、「おお、この子は習字はだめだ」と嘆き、同情のあまり絵を描かせたら県展で入選し、金賞のメダルをもらったことがあった。悪いことばかりではない。そのときつくづく思った。

私の皮膚

色の黒い皮膚は丈夫だと言われるが、どっこいそうばかりではない。私は化繊アレルギーである。木綿を着用しているときはいいが、化繊の下着をつけると赤くはれて一面に湿疹《しっしん》ができる。特にブラジャーがいけない。他人は木綿のブラジャーをつければいいと言うが、木綿でも周りはゴムである。いつかこんなことがあった。

何年ぶりかで大学の同窓会があったときのことである。少しでも体型をよく見せようとした私は、無理してブラジャーをつけていった。つけていた時間は一、二時間くらいであったが、おかげで翌日から一ヵ月皮膚科に通った。それから決してブラジャーをつけないことにした。ブラジャーをつけない女性を他人は無責任に勇気のある女性と言う。私も勇気のある女性の仲間入りをすることになった。

ウエストサイズ

いまから二十六年前の十月二十一日、神様の前にひざまずいていた私の純白のウェディングドレスのウエストサイズは五十八センチであった。五十八センチのひもで輪をつくり、「おお、こんなに可憐なウエストの中に私の内臓が収まっている」と思ったとたん、私はなんとなく自分がいとおしく、その謙虚さに目頭が熱くなった。

そんな日もあったのに、その後、一人ずつ子を産むたびに、ぐんぐんと成長し、いまでは七十センチもある。

ほっそりとした長女が、「ママはウエストぶっといね」と言う。「何をぬかすかがきども、おまえたちのおかげで、こんなにくずれたんだぞ」と言ってのけたいところだが、「頼んで産んでもらったわけではない」という声が聞こえそうで、「あら、そんなに太いかしら？　それならウエストサイズ物語でも書こうかしら」などとおどけてみせる。

これが他人に言われたらこんなわけにはいかない。「きさま、三人産んだのかよ。わしゃ四人よ。三人目まではきさまよりもっと細かったんだぜ。このおたんこなす」と絶叫しないともかぎらない。

めしも食えなくって、やせ細って、ウエストが五十五センチになったって、ちいっともありがたくないではないか。

髪の毛

五年間、アメリカに留学していて帰ってきた知人の娘が遊びに来た。

「あーら、由美さん、娘さんらしくきれいになったこと」

とほめてあげたら、彼女は私をジッと見て、

「あーらおばさまもちっとも変わっていないわね。お若いわ、髪の毛なんてまっ黒で昔のとおりよ」

とたんに私は、あげようと思った小遣いを、素早くひっこめた。何をかくそう、私は数日前

にワダ美容室で白髪染めをしてきたばかりである。もっと他にほめられそうなところはないものか。添加物をたくさん入れた料理の味つけをほめられたようで嫌な気がした。

主人に話をしたら、「髪の毛があるだけいいよ」とボソッと言った。殿方は、ハゲの恐怖におののいているとか。女性はまだハッピーなのかもしれない。幼いころ祖母が私に言った。器量と髪の毛の自慢はするなって。昔の人はえらい。

本を出さない小説家

作家、小説家と呼ばれる人は、いったい何冊くらい著書を出版すれば自他ともに作家として認められるのだろうか？　私は一冊の著書もない作家である。自分では、作家などと思ったことは一度もないが、いくら私は作家ではないと言っても、周囲がそう思いこんでいるのだから始末におえない。ではどうしてそうなったかと言えば、私はまだ小説を一ページも書いたことがないのに、小説の題名だけはたくさん考えつくからである。そして、あんな題はどうか、こんな題はどうかと周囲の人に聞くからである。

有吉佐和子さんの死がテレビで報道されるやいなや、わが家の電話がけたたましく鳴りひびいた。何事かと受話器をとると、実家の母から「ねえ容ちゃん、あなたと同じ年の有吉さん、急死したことを知っているの。あなたも無理をして書かないでね」と来る。頭痛のするときにかかるマッサージの先生は、「こんなに肩がこるのだから、少し作家活動を休んだらいいよ」と言う。道で友人とすれちがったりすると、「このごろ筆はすすんでいるの?」と尋ねられる。こんなことが重なると、本人もいつか夢の中で芥川賞を受賞したりしてくるから不思議である。今度パスポートをとるとき、職業欄に作家なんて抵抗なく書くようになったらどうしよう。そんなことを思いながらジッと鏡を見ていたら、だんだん姿だけは吉屋信子に似てきたような気がする。

＝閑話休題、第三章へ＝

第三章　犬の常識は猫の非常識。そしてその逆も……I

山手線

落語に、何度も同じ言葉をくり返して少しも先に進まない場面が出てくるが、落語の世界だけでなく、酒を飲むと何度も同じことをくり返すとてもスマートなSという保護司の先生がいる。

一緒に旅行したときのことである。例によって同じことをくり返す先生に、ある女性保護司が「あら先生、また同じことを言っている」と言う。それは、何度も聞きましたよ、ということを意味する。この言葉ほど興に入って話そうとしている人の意思を真っ向から否定する言葉はない。私は、何度同じことを聞いても、初めて聞いたように、驚いたり感動したりしてみせる。くり返し感動してみせているうちに、聞いている私もだんだん感動の表現もオーバーになるから、語っている相手は、お酒の力を借りて何度も何度も同じ話をくり返す。

私も人の子である。我慢の限界にきたとき、「先生のお話は、山手線みたいですね（東京に来た人はだれでもご存じである）」と言ったら、聞いている周りの人々が、「ウフッ」と笑った。当のご本人は、「山手線ってどんなことですか」と大真面目で聞く。えいままよ、こうなったら私も山手線に腰を落ち着けて同席しようという気持ちになり、「そうですか、まあ驚きましたねえ、ええ、私もそう思います」ってくり返しているうちに、中央高速道路をバスは甲府から八王子に着いてしまった。

他人は私をごますりだと言う。しかし、こんなことで相手が喜んでくれるのなら、終点のない会話を聞いてあげるのも社会福祉のように思われだした。わが家の亭主のように、「その話、何回するんだよー」など相手の気持ちを考えない発言をする人間が世の中にいる間、私は喜んで山の手線同席の客になろう。

トイレ初試み

忙しい皆さま、このページだけはとばさないで読んでほしい。それは、こんな過ちをくり返さないために恥をしのんで書くのだからである。

私の家は何度か改築をくり返し、そのたびにトイレを何ヵ所か設置した。私はそのたびに、いつの日か使用前に、この美しい便器の中で心ゆくばかり洗顔してみたいという突拍子もない願望を抱いていた。そんな矢先にわが家が増築された。そして片隅に美しいピンクの洋便器が設置された。

チャンス到来である。さっそくこの願望をはたそうと、朝早くそっと水洗の取っ手を動かし水を出してみた。「サァ」っと澄んだ水が堰《せき》をきったように流れた。いよいよ待望の日が来たとばかり、その中で顔を洗ってみた。勢いよく流れる水に、毛穴の隅々の埃《ほこり》が洗い清められたような気がした。超音波洗顔器どころではない。その日は念入りに化粧をし、なんとなく心がうきうきしていた。

その日の午後のことである。「やり残したところを点検に来ました」と工事人が見えた。「すみません。このトイレはいつから使用できますか」と聞いたら、工事人は、扉を開けたり閉めたりしながら、「もう使えますよ。わっしら二日ほど前から使わせてもらっていただいてます、へい」

とたんに頭の天辺から血がすうっとひいていくのを感じた。工事人は、私のつりあがった目と蒼白な顔面を見て、「どうしました奥さん、救急車を呼びましょうか」まさに卒倒寸前であった。

こんなことで天下の救急車を呼ばれてたまるか。万一、救急車の中で事情聴取されたらどうする。事実を話したら、白衣を着た隊員がひそひそ声で、「患者は、内科より精神科に送ったほうがいいんじゃないの」って話しあうだろう。

とびあがった私は洗面所に駆けこんで、力いっぱいごしごしと顔を洗った。このときからだろうか、面の皮、千枚のうちの一枚がはがれ九百九十九枚になった。私は、どんなことがあっても二度とこの欲望を満たすようなことはしないだろう。

汚ながりや

私が大学を卒業して初めて就職した千葉市立椿森中に、N先生という理科の担当である男の先生がいた。この先生は実にきれい好きで、つねに机の隣に置いてあるクレゾール液で手を洗っていた。ひまなときは布にクレゾールをひたし、ボールペン一本にいたるまで、ていねいに拭いていた。隣席の私は、そのたちこめる臭いに、伝染病院内に勤務しているような気がした。その先生が千葉大学薬学部の前身である千葉薬専を卒業し、静岡県庁の衛生課に勤務していたとき、天皇陛下に献上するぶどうの一粒一粒の消毒は先生の係であったとか。人間何か役立つことがあるものだ。生徒が来て先生の机に寄りかかろうものなら、生徒が立ち去った後、その指をついた跡をごしごしクレゾールの雑巾で拭くほどである。

いつか職員の親睦会が学校のホールであったときのことである。先生は一番はじめに着席し、じっと前の料理を見つめていた。蝿《はえ》がとまらないように見張っていたのだ。そんな彼を知らない新任の教師が後から入ってきて、「先生、一つ奥へつめてください」と頼んだ。先生は頑として席を移らなかった。隣の料理には蝿がとまったかもしれないからだ。

「N先生はきれい好きだから注意したほうがいいわ」と私が生徒に言ったら、生徒は「御園先生（私の旧姓）、あの先生はきれい好きじゃなくて汚ながりやなのよ」と言った。生徒は実に観察が細かい。そう言われてみれば、先生の机上には色の変わった？更紙がうずたかく積まれ、うっすらと埃がついている。

私も、どちらかというと汚ながりやに属する。これはわが家の遺伝であるようだ。うそだと思う人は私の家に来てごらん。見た目は「掃除がゆきとどいてきれいね」とほめてもらえるが、隣室へ行こうとして間違えて押し入れの戸などを開けようものなら、ドドドドッと山崩れのような無気味な音がして、押入れの中からなだれのごとく衣類が落ちてきて、来客はどこへ行ったのだろうとかきわけて探すようである。そんな汚ながりやの失敗談を披露しよう。

友人N氏の一族がわが家に遊びに来たときのことである。N氏一族とは、夫婦と娘一人とプードル一匹をさして言う。N夫妻は実に汚ながりやのきれい好きな人たちである。そのうえ大の犬好きで、彼の飼い犬ライナスを「お兄ちゃん、お兄ちゃん」と呼んで下にもおかないほどである。「家のお兄ちゃん、ちーっとも毛が抜けないから他人の家に行っても心配ないよ」と言う。お兄ちゃんは抜けなくても、飼い主はだいぶ髪の毛が薄くなった。

彼らが遊びに来ると、大人も子どももわが家の犬もとても楽しい。嫌がっているのはわが家の黒猫だけである。楽しい一日を過ごし、「さようなら」と帰った途端、私はすぐ畳に四つん這いになり、犬の毛が落ちていないかを確かめる。それから掃除機で掃除をする。ガァガァ、シュウシュウ、掃除機をかけていたら、N氏のかみさんが勝手口からとびこんできた。「平田さん、お兄ちゃんの水飲み器忘れたよ」先方もあわてたが、それ以上に私があわてた。それからは忘れ物がないことを確かめてから掃除を始めることにした。

こんな悪習慣が周囲の人たちにばれて、私の母などは、遊びに来て家へ帰ると、すぐ電話をしてくる。「あんた、いまごろ掃除しているんじゃないの？　トイレも使ったから便器の中もよく消毒しなさいよ」といやみを言ってくる。「あら、嫌がらせねぇ。今テレビ見てたの」と答えているが、電話のわきの掃除機は、そのとおりと言わんばかりにグヮングヮンシュウシュウ音をたてている。

しかしこんないやがらせを言う資格を母は持っていない。なぜならこれは母ゆずりであるからだ。母が小学校の教員をしていたころのことである。ある教え子のところに家庭訪問に行ったとき、他人の茶碗で茶を飲めない潔癖な母に、その教え子の母親が茶をすすめた。さて困った、どこから飲もうかと観察したら一ヵ所茶碗のはじが少しわれているのを発見した。よしここからならだれも飲むまいと思ってその場所に浅く口をつけて飲んだ。その様子をそばで教え子の男の子がじっと見ていて、すっとんきょうな声を出した。

「先生は、うちの父ちゃんに似ているなあ。父ちゃんもその欠けたところから飲むんだよ」

ここまでしか聞いていないが、最後まで茶を飲みほしたかどうか、聞いてみたい。

ふじさん

母の独身時代の教え子に、当時、ふじさんという四年生の女の子がいた。時が流れ去ったいまでは、長いこと小学校の教師をし、定年退職後は絵を描きながら優雅な生活を送っている。

母が独身時代のある日、父と見合いをしたときのことである。ちょうどその日、教師である母の家に彼女が遊びに来ていた。母は二人娘の長女で、当時では養子を迎える立場にいた。母は教師である父と見合いをしたとき、なんとなく気が進まなかったそうである。その理由は単純で、背広のポケットに何か入れていてポケットがふくらんでいたというのが理由であった。当時は男性たるものポケットの中に、綿くず一つ入れていてはいけないという法律でもあったらしい。母は気の進まない理由を教え子ふじさんに話したという。よくよく頼りになる教え子だったのだろう。それを聞いたふじさんが、「先生、もう年だから結婚したほうがいいよ。なかなかよさそうな男じゃないの」と母にすすめた。母もだんだんそんな気がしてきて結婚を承諾してしまったという。

五十年が過ぎたいまでも、母は「あのとき、あの小娘があんなことを言ったばっかりに、わたしゃ結婚生活がたった四年しかなく、長いこと未亡人やってきた」といまいましそうな声で話す。そのうえ、その男の残していった二人の娘はろくでなしかよ、と私は心の中で応答する。教え子との関係はまんざらでもなさそうで、ふじさんは、毎週月曜日には東京の練馬から、「先生、今週も元気でいてね」と電話をかけてくる。その小娘もいつしか六十五歳を過ぎている。

男は純情か否か

私が子どものころの流行歌には「男純情の……」とか「男いのちの純情は……」とか、男が純情であるというピーアールのような歌詞が多かった。

私の母は、よくこれらの歌をうっとりと夢心地で美しい声で歌っていた。歌い終わると、ふっと我に返って、「なんでえ、男が純情なもんか。純情じゃないから、純情だ純情だって弁解しているんだわー」と独り言を言っていた。そばで聞いている私は、前半を信じていいのか後半を信じていいのか迷ってしまった。しかし当時は、親の言うことは絶対だと思っていたので、「男は不純である」と心の中のコンピューターに刻みつけていた。

そんな私が、大きくなって結婚したのだから、うちのご亭主などたまったものではない。ひとり親の娘など嫁にもらったのが運のつきであるとあきらめているのかもしれないが、主人は見方によっては純情な面も少しは残っている。それならば女は純情かと質問されると、そのたびに私の心の中は群発地震を起こす。答えに困るが、少なくとも私は純情ではないということは確実である。

ふっと窓から外を見ると、隣接公園で純情な男どもが今日も「ゲートボール」を楽しんでいる。

肉不足

秋は行楽の季節である。みずみずしいぶどう棚の下にござを敷き、七輪に炭火をおこし、網の上で焼くバーベキューの味は格別である。これ以上薄く切れまいと思うほどの薄い野菜が皿の上に横たわり、そのわきにしいたけの家来どもに囲まれて肉が鼻高々にでんと座っている。グループごとにバーベキューが始まった。だれかの声が高々と聞こえる。「おい肉が足りないよ肉が」「どこかに肉があまっていませんか」どこからもあまっているという声はない。私は自信ありげに澄んだ高い声で言った。「どうぞ、肉は私のところにたくさんあまっていますよ、この薄切り肉がなくなったら、私が網の上に腰かけますぜ。こんがり焼けたらどこからでも遠慮なくやってください。これがほんとうの生づくりでさあ」だれも反応を示してくれなかった。茸《きのこ》狩りに出かけてくるからと、一人去り、二人去り、残ったのはピーマンと玉ねぎと私だけになった。ピーマンは青い顔をさらに青くして、「もう、私はたくさんです」と言った。玉ねぎは「めっそうもない。そのお言葉だけで」と言った。じっと玉ねぎを見つめていた私は、その友情がじんと胸にきて、目から涙が出てきた。「ありがとうよ。それなら私も立ち上がるとしようか」と言った。袋をかむったぶどうが袋の中でにたにたと笑っているかもしれない。

結婚の条件

私は、いままで十本の指で数えきれないほど結婚の仲人をした。私の仲人ぶりは涙ぐましいほどである。見合いから結婚にいたるまで、わが家の手料理でもてなす。結納金のない男にはお金まで入れてあげ、家探しから職場探しまでである。

私は、結婚の世話をお願いしますと言われると、写真をもらう前に、本人に会ってみる。昔は「私のようなものでもいいのでしょうか」と大変謙虚であったが、時の流れに従い、結婚の条件も多くなる。内容だけでなく外見にもこだわる。「尾上菊五郎のような男性がいいです」と言う女性の顔を見ると、寺島純子さんとは似ても似つかない顔だちである。「結婚ってねえ、やっぱりお似合いじゃなくちゃねえ」と一言皮肉ってみたい気持ちになるが、本人は大真面目だから始末におえない。

ある女性が言った。「顔なんてあればいいですわ。私、めん食いじゃありませんもの。でも内容はデリケートな方がいいわ。そうねえ、カミソリの刃のようにとぎすまされた方」「おお、ゾーリンゲン氏ですか」と答えながらも、私の心は平和ではない。カミソリのような男性と出刃包丁のような女性との結婚式なんてサマになったものではないからである。

先日、あるお嬢さんの結婚の相手探しを頼まれた。例によって条件を聞いたら、「私、タモリさんのような男性がいたら結婚してもいいです」と言った。タモリさん？　はてどこかで聞いたような名前だと、ない知恵をしぼりだしながら考えたら、そうだ、「笑っていいとも」のタモリさんだと考えつくまで長い長い時間がかかった。「え、タモリさんだって、あんなに忙しい男性と結婚したら顔を合わせるひまがないよ？」って言ったら、「それがいいんです。うちの父なんて、仕事場で嫌なことがあると、家に帰ってまで不機嫌な顔をしちゃって嫌ですねえ。それに出張は多ければ多いほどいいし、単身赴任する方でもよいですわ」という。「そんなことが望みなら、三拍子どころか六拍子もそろっている男を探してあげるさ」と言ってあげたかった。

女性はどこまで理想が高いのかとどまるところがない。そのうち、「子どもを産んで育ててくれる男の人っていないかしら」なんていう時代が来ないとは限らない。

先日、知人のMさんに娘の結婚をお願いしたら「条件は」と聞かれたので、健康で明るく、安定した仕事を持ち、けじめがあり、だれからも信頼され、そのうえ娘を愛してくれる男性ならよいが、そんな条件は欲ばりでしょうかと聞いたら、「いいえ、それは人間の基本的条件ですね」とおっしゃった。なんてよくわかる人だろう。それ以上はプラスαであると思う。

長女に母親の結婚観を話したら、長女は「私は代官山に住んでいる男ならだれでもいいわ」と言った。何が代官山だ、住んでいる場所だけでその人間の価値がちがうなんてとんでもないと思った。娘三人持っていると母親は心配の連続である。それにひきかえ、私の青春時代は、少しも親に心配をかけなかったように思われてきた。私の水虫の皮と爪の垢《あか》でも煎《せん》じて娘どもに飲ませてあげたい。

明日のことを思いわずらうな

「マタイによる福音書」六章三十四節に「明日のことは明日自身が思いわずらうであろう。一日の苦労はその日一日だけで十分である」とある。この聖句を口ずさみながら私は悩んでしまうのだから始末におえない。聖書に書いてあるところをみると、明日のことを思いわずらっている人間がいかに多いのか推測されるからだ。「明日をのみ思いわずらっている人、この指とまれ」と言われたら、どこで何をしていようが、私がいの一番に指にとまってしまう人間のような気がしてならない。全く私は悪い性格だとあきれてしまう。とりこし苦労の女王なんてのがこの世の中にいたら、私自身ではあるまいか。

ある日、F先生とお茶を飲んでいるとき、「N先生くらい悩みがなかったら、この世の中幸福に生きられますよねえ」と私が言ったら、F先生は「N先生は悩みを見つけるほど知能が発達していないのだ」と言った。私も知能が未発達のくせに悩みは他人より倍もあるのだから、たまったものではない。

ひそひそ話

相手にだけ聞こえるような小さな声で話すことを、ひそひそ話とは、だれが名づけたものだろうか。小さな声で話されると、聞いているほうは全神経を集中して話の内容をくみ取ろうとする。しかし全神経を集中しているのは話し相手だけではない。周囲の人々もその中の一人である。もしかしたら話し相手よりももっと神経を使っているのである。話し相手とちがって聞こえないふりをしながら聞いているのだから、もっとテクニックがいる。

ある日、長女と次女がひそひそ話をしていた。二人とも年ごろなので恋の悩みでも打ち明けあっているのかと、聞き耳をたてて聞いてみた。しかし、その内容はそれ以前のものであった。

長女が次女に話しかけている。

「ねえ、Y子、近ごろママ少し変じゃない？」

次女は読書の最中。少しも表情を変えずに、

「昔から変だから、別に心配ないよ」

そんなことでひきさがる長女ではない。

「でもさ、娘は母親に似てくるなんて言われたら私たち結婚できないよね」と言う。

何言ってんだい、ふだんから独身主義のくせして。さらに会話は進む。

「結婚するならいまのうちよねえ」

「でもまだ相手がいないし、手おくれか」

たいへん悲観的なひそひそ話である。すると次女が言った。

「私たち結婚できなかったら北海道の牧場にでも行って牛の世話でもしようか」

いくら私でも忍耐の限界がある。

「ねえ、北海道に行くときはママも連れていってよ」

さらに声をひそめて話している。

「北海道にもママを収容するところがあるかなあ」

私は北海道のとある病院に入院した。北海道の六月の空は澄んで美しかった。遠くトラピスチーヌで鳴らす鐘の音が、キリストの祈りのように聞こえてきた。私は大変素直でかつスピーディである。彼女たちが出発する前に、私の心だけ北海道にとんでいってしまったのだ。

モナリザの微笑

昔々、その昔、私が千葉県四街道にあった聖書学園の教師をしていたころ、N先生という文学青年の教師がいた。夜になるとせっせと小説を書いていた文才のある教師であった。放課後、暇ができると、たまには教育に関係のない話など若い教師間でしたものである。話題がモナリザの話になったとき、その青年教師が言った。

「僕はどうもモナリザって好きになれないなあ。あれは微笑ではなく、男に向かっての嘲笑だよ」

見る側によって、名画もだいぶちがって見えるものだなとそのとき私は思った。

案外N先生は「うらみっこなしで別れましょうよ」なんて言いながら最後の握手をした初恋の女性のにっこりほほえんだ顔が、あのモナリザの微笑に似ていたのではないかと思いながら、いま私は壁にかかったモナリザの絵に見入っている。そう言われれば、あの目は、やさしさの中にひとくせありそうに思われてくるから不思議である。

酔ってもけちはけち

私の父は、私が生後七ヵ月のとき、あわててこの世を去っていったので、いくら記憶力のいい私でも、父が酒を飲んでいたかどうかはわからない。が、母の話によると、父は一滴も酒を口にしなかったという。祖父は、私が十二歳のとき亡くなったのだが、祖父もまた酒をたしなまなかった。結婚当時、酒を飲めなかった主人は、近ごろは付きあいと称して、ウィスキーの水割りなどを飲むようであるが、酔った様子は見せたことがない。たまに会合から遅く帰った夜など、高いびきをかいていると、脳溢血でなかったらウィスキーでも飲んできたのではなかろうかと想像する程度である。

近ごろの奥様族は、誘いあわせて夜、飲みに行って、カラオケに合わせて歌ってくるなどという優雅な話を聞くが、私はカラオケは好かないし、飲酒すると、意に反してお痔《ぢ》さまが浮かれだすような気がして大変消極的である。さてそんな私でも、年に数回は、酒席に同席することがある。職業柄、殿方が多く、酔うほどに陽気な明るい雰囲気が作られる。料理が終わりに近づくころ、必ずと言ってよいほど年配のAさんが先に席を立つ。

とある日、Bさんが私に言った。

「平田さん、ちょっとAさんを出口まで送っていって私が呼んでおいたタクシーに乗ったか確認してください。そしてついでにちょっと千円立て替えて運転手に渡しておいてください」

私は階下まで見送り、言われたように運転手に千円を渡しておいた。

次の会合のとき、AさんがBさんに、「先日はタクシー代まで支払っていただいてすみませんでした」と言った。Bさんは、「そんなことがありましたか？　どういたしまして」と言った。私の腹の中の茶釜がチンチンと音を立てた。この話をある友人に話したら、友人が「どうして茶釜が煮たつのか?」と質問した。「わからなければいいよ」と私が言った。そのとき私の腸《はらわた》が怒りで煮えくり返ったからと解説する気がなかった。解説つきのユーモアなんて面白くないからである。

あれから五年が過ぎた。あの金は、私が立て替えたまま、まだ返ってこない。ちょっとが五年ならば、しばらくは十年だろうかと思ったらおかしくなって笑ってしまった。友人がまた質問した。「何がそんなにおかしいの?」ですって。なんでも質問するえらい友人だ。彼女の諺《ことわざ》辞典の一頁には、「聞くは一時の恥」なんて載っているのではあるまいかと、よけい笑いがとまらなかった。

酔っぱらいとタクシーに乗るとき

宴会が終わって帰宅の途につくとき、同方面の友人はまとまって一台のタクシーに乗りこむことが半ば習慣になっているのは、どこの社会でも同じであるらしい。

とある日、私にもそんな経験があった。全く同方面だったので、電車で帰ると言った私に、ある男性が遠慮なく乗っていかないかと誘ってくれた。それではと三人がけの後部座席の一番奥に私が座り、Aさんが隣、次にBさんが後から乗りこんだ。途中まで走ったときに、とある料理屋の近くで用事を思い出したBさんがストップをかけ途中下車した。降りぎわにBさんが言った。

「A君よ、ハイヤー代は君が払いたまえ。平田さんに払わせたらいけないよ」

Aさんは答えた。「そんなこと百も承知よ。女性に払わせたら男がすたるよ」

私はこれで安心だと思った。料金メーターのカチカチが実に快く響いた。

それから二十分も走ったころだったろうか。ほろ酔いかげんのAさんは、夜風にあたりたいから、と、男がすたりっぱなしで途中下車をした。残るは運転手と、後部座席には頭の冴えた私だけになった。いくら男性だからといって運転手に料金をもたせるわけにはいかない。結局は全行程私が支払うはめになった。もう何年も昔のことである。

あのときの口惜しさは、いまでもうっすらと覚えている。あのとき運転手がボソッと言ってたっけ。

「お客さん、これから乗るときは、一番後から乗りな」

どうもいけない。私は電車に乗るときも早く乗りたいと思う悪い癖が身についているのだ。

それからタクシーに乗るときは一番後から乗り、雲ゆきが悪くなったら、「ここから歩いていきます」と降りてしまおうと心がけたが、その後、幸か不幸か一度もそんなめぐりあわせがなかった。

タクシーの相乗り　その二

忘年会のときのことである。同席したCさんと日野からタクシーの相乗りで帰ったことがあった。彼はだいぶ酒を飲んだらしく、タクシーの料金メーターより彼のメーターのほうが上がっていた。運転手さんを相手に陽気に話していた。彼は私の家より少し早く下車した。下車するとき、私の手にハイヤー代だと一枚のお札を握らせた。遠慮する私にCさんは言った。

「どうぞどうぞ、残った分は運転手さんにチップとしてあげてください」

運転手が恐縮して言った。

「だんな、すみませんね。気をつかわせちゃって」

下車するとき、室内灯で車内が明るくなった。

「お客さん、二千四百七十円です」と運転手が言った。

私の手のひらの岩倉具視がニヤリと笑った。残るどころではない。二千円は私の持ちだしである。結局運転手さんは三十円のチップをもらっただけであった。

女はけちだなあって、あのときの運転手さんは思わなかったろうか？

さんまといわし

さんまといっても私の大好きな明石家さんまさんのことではない。私の家から五分ほどのところにある、スーパー紀伊國屋でのできごとである。今晩の料理を作ろうと、買い物に出かけた。店内でじっと素材を見ていると、その料理のできあがるプロセスが走馬灯のように頭の中に構成されていく変な癖を私は持っていた。もっともスピーディでおいしいもの、それが私の料理の第一条件である。

ビニールパックの中に入っているアベックのさんまが私を呼びとめた。

「奥さん、私たちを買っていってくれじゃないか」

私は大変素直な性格である。何の抵抗もなく買い物かごの中にさんまのパックを入れた。とたんに隣で買い物をしていた女性客が私を見た。はてあの目は、そうだ、嫉妬心のあらわれた目だ。やばい。私は老眼でかすれた目を細めながら値段の数字を見た。そのとたん、もう少しで「あっ」と声をあげるところであった。二匹で九百八十円也。なんと私はスピーディにさんまをもとの棚に返した。

冗談じゃない。さんまは、苦いかしょっぱいかなんて言われた昔の謙虚さは微塵も見出せないさげすんだ目で私を見た。近ごろ変わってきたのは人間関係だけではない。人間と魚の関係までこうだから、何て住みづらい世の中なのだろう。その隣でいわしのパックづめがはにかんで言った。

「奥さん、よろしかったら私めを買っていってください」

まるまると太ったいわし五匹、窮屈そうにパックに詰められ、三百五十円也の値段がついていた。よろしいもよろしくもないもない。

「おい、さんま、おまえよりいわしのほうがコレステロールもないし、第一、大根もいらねえじゃないか。よし、いわしに決めた」

過日、欲しくても買えなかった黒真珠の指輪をウインドーケースの中に見たときのあのひややかな目で、私はさんまを見下してやった。まるまるとしたいわしはバター焼きになって家族の胃袋の中に一匹ずつ収まった。

こわいもの見たさ

「こわいもの見たさ」こんな諺がある。こわいこわいと言いながら、人間はこわいものに興味を持つ。毎日の生活の中で、私は何がこわいかというと、トップは新聞である。朝早く起きて朝刊を広げてみると、恐ろしいことの連続である。心中、殺人、汚職、汚染、事故……よくもこんなに世の中の恐ろしい事件を掻《か》き集めてきたものと感心する。読んでいるうちに、胸が早鐘のように鳴り、目は血ばしり、耳鳴りまでする。やっと気をとりもどして出勤、平常心になるころまた夕刊が来る。そしてまたしても同じ症状をくり返すのだから、たまったものではない。そしてあげくのはてには月末に何千円もとられちゃほんとうにかなわないなんてうそぶきながら、今日も丹念に、第一面から終わりまで新聞を読んでいる自分が腹立たしい。せめて、わが一族よ、わが知人よ、新聞にだけは載らないように心がけようじゃないか。「おおこわい」なんて他人に読まれたら、たまったものではない。

劇中殺人

新聞に載る現実の事件とちがって、テレビの劇中殺人は、私にとって少しも恐ろしくない。私は変な癖を持っていて、大変醒《さ》めた目でものを見たがるからだ。私の友人Iさんなんて、テレビを見ながら劇中人物になりきってよく泣いている。そんな友人を見ると、この人は永久に目薬なんかにお金をかけないで自家製目薬で洗眼していて、経済的なことと思う。それなら私はどうして涙が出ないかというと、殺された人がむっくりと立ち上がって、殺した人が「ご苦労さん」なんて言って連れだってコーヒーを飲みにいく姿を想像するからである。

こんなことを書くと私を知らない人は、なんて嫌な女性なんだろうと思うかもしれないが、私にだって感性はある。秋の夜がふけてきて、眠りそこなった何匹かの蛙《かえる》が田んぼで鳴いていると、あの蛙はあんな鳴いていて、のどにポリープができたらどうするのかと思うと、私まで眠れなくなってしまう。「秋の夜長」こんな言葉は、こんなことからできたのかもしれない。

劇中殺人からとんだほうへ飛躍してしまったが、いまこの広い家に私一人が目覚めていると思うと、劇中殺人よりよほどこわい気がしてきた。こんな夜中は、ゴキブリでもいいから遊びに来てくれないかなと見わたすと、二、三匹のダイエットを知らないまるまる太ったゴキちゃんが、ゴキブリホイホイの中で身動きもせずに熟睡していた。

待ちなはれ

中央線立川駅の駅ビル「ウィル」の地下にとてもおいしいパン屋さんがある。ある秋の夕方、ここにパンを買いに立ち寄った。トレイを持ち、どのパンにしようと考えていたとき、「どいてください」と若い二十歳くらいの女性がさも憎々しそうに私の背中を押しながら中へ入っていった。ほんの二、三秒の間のできごとである。

近ごろの人たちは、ちょっと待つということができない。まして相手がどんな気持ちになろうがおかまいなしである。もう一人の私が心の中でどなっている。

「おい青二才、少し待てよ。人間、待つことで始まるんだぞ。きさまだって受胎してからあんな小さな暗い袋の中に十ヵ月も待ったんじゃねえの。それから周囲の家族どもに待たれて待たれていままで育ってきたんだろう。生まれるときだけじゃねえよ。死んだときだってさあ、息ひきとってから灰になるまで、いろんな手続きあってさあ、二日も、三日も先になるんじゃよー」もう一人の私は、安くておいしそうなパンの選択に余念がなかった。

雀の子そこのけそこのけお馬が通る

一茶の句が頭に浮かぶ。思いやりやさしさの一かけらもない女性が母親になったら、そんな母親の産んだ子は、「よらば切るぞ」と知能だけをひけらかして、人垣をかきわけて歩いていくのではあるまいか。

私の幼稚園の園児たちが、並んでトイレに入り、並んで水飲みの順番を待って。なんて可愛らしい子どもたちだろうと、いま一人一人の顔を思い出してみた。

人間ホイホイ

ごきぶりのボスが言った。

「一族ども、集合しらっしゃい。人間どもの歴史は、わずか五万年って話じゃないか。われわれごきぶり様は、二百万年の歴史があるっちゅうことを忘れてはいけねえぞ。あとから出現してきた人間が、われわれ先輩を邪魔にするなんてとんでもない話じゃないか。人間ホイホイをかけてやろうじゃないか。それだけじゃない、人間コロリもどうじゃろう。人畜にだけ害があるものならどんなに高くとも買ってこようじゃないか」

数多いごきぶりどもが、長いひげを動かしながら相談していた。人間ホイホイにかかった人間のもがいている様子を思い浮かべてか、ごきぶりどもはクックックッと奇妙な声を出して笑った。

わが家では夜中になると、ごきぶりどもがごきぶりホイホイをよけながらの運動会を開く。

「障害物競走っておもしろいなあ」

一匹のごきぶりがささやくように言った。実感のこもった声だった。

トイレ談義

三十年前、教師をしていた私は、研究会などで他の学校を訪問することが多かった。まずスリッパにはきかえて校舎内に入ると、一番存在感のあるのはトイレであった。当時のトイレはいまのように水洗式ではないので、ほとんど北側の暗いところにあった。そしてなんとなく臭っているように思われた。

私が二十数年前、新婚当時に住んでいた昭島市の借家も汲み取り式であった。さらに念入りなことには、構造が二棟長屋でトイレが隣りあっていた。そのうえ両家の排泄物が一つの穴に落ちる仕組みになっている。隣同士、同時に用をたしたりすると、隣家の音と自分の音が入り乱れ、用事が済んだかの判断に迷ってしまうくらいだ。こんな経験は私だけなのだろうか。うんうんとうなずく人も多いのではないだろうか。

昭和三十六年に家を改築したとき、まず快適だったことは、トイレが水洗になったことだ。水洗になると人は不思議にロールペーパーを壁につけたがる。あまりの快適さに心が躍り、ペーパーの端をカラカラと音を立てて引っぱりながら、出船のテープを切るような心地がし、ドラの音を聞きながら「あゝ憧れのハワイ航路」と大きな声で歌う。その声があたかもエコーの効いたカラオケのマイクを通しての歌声に聞こえるから不思議だ。何回あの歌をくり返し歌ったことだろう。

いまでは水洗トイレは珍しくなく、ほとんどの家庭は洋式の水洗トイレに変わってきた。洋式トイレにかかわる話を少し書くとしよう。

昭和三十年ころの立川基地でのできごとである。ある日、婦人用トイレから片足をひきずるようにしながら女性が助けを求めてきたそうな。何事かとその女性のあとについていったN氏は、「あっ」と声をあげた。それもそのはず、無残にもハイヒールの黒靴がすっぽり便器の中に入りこみ、まるでふたをしているような格好だったとか。いまさら逃げられず、清水の舞台からとびおりる心境で、N氏はその靴を引き抜いてあげたとか。そのときの彼は、まさにナポレオン的英雄であったろう。

三十年も過ぎたいまでは、そんな失敗をする人はいないだろう。それが証拠には、どこのデパートの洋式トイレにでも貼ってあった、トイレの使い方を絵入りで説明してあるものなど見たくとも見られなくなった。

その他にもこんな話がある。友人が公団住宅に入居したとき、初めて洋式トイレを使うことになった。彼女は安産型で骨盤が広く、洋式トイレに腰をおろすとぴたりとふたをした格好になる。大きいほうの用をたしながら、洋式トイレはなんて気持ちいいんだろう、臭いもしないと得意がっていたが、使用後、ちょっと体を動かしたら、こもっていた臭いが一挙に立ちのぼり、失神寸前であったそうである。洋式トイレに腰かけたまま水が流せるようにしたら、失神して救急車の出動をお願いすることもあるまい。長らく和式トイレにお世話になってきた私が、ここ数年洋式トイレに切り換えたからといって、和式トイレの陰口をきくわけではないが、洋式トイレの第一の利点は、トイレの中で脳溢血を起こす人が少なくなったことである。

しかし洋式トイレの欠点もある。いまの人は昔の人にくらべて足が弱くなった一因は洋式トイレにあると思う。なぜなら足の屈伸運動が少なくなったからである。おもしろいことに、近ごろ私は、朝、昭和公園へジョギングに行き、六時からのラジオ体操に参加する五十人近い人たちの最後部で体操をしていると、一人一人のトイレの用式がすぐわかる。足の屈伸運動のときかかとの近くまでよく曲がる人は和式トイレの使用者であり、あまり曲がらない人は洋式トイレの使用者であると考えてもまず間違いはない。

先日、御殿場の友人の家に行き、トイレを借りたら、水の代わりに泡が出てきた。これにはぶったまげた私のほうが、あまりのショックにアワをふきそうだった。

その他、こんな涙ぐましい事実を語ろう。それは、友人N氏宅に行ったとき、トイレに流れる水がきれいなブルーの色だった。いまでこそそれがブルーレットだということがわかるが、当時はそれほど普及していなかった。わが家に帰ってきてその話をしたら、その夜からわが家もブルーの水が流れるようになった。どうしてだろうと四人の子どもたちに聞いてみたら、当時小学校の生徒だった親孝行息子が、親を喜ばせたいとブルーのインクを水洗タンクの中に入れておいてくれたとか。もう少しで声をあげて泣いてしまうほど感激した。あのころがなつかしい。

＝閑話休題、第四章へ＝

第四章　犬の常識は猫の非常識。そしてその逆も……Ⅱ

知らないことはいいことだ

世の中の人間を大きく二つに分類してみよう。一つのグループは、知っていることでも知らないふりをしている謙虚型、もう一方のグループは、知らなくても知っているふりをする自信型である。どちらがいいかはケースバイケースであるが、知らないことを徳として結婚した二人の友人を紹介しよう。

まず親友Nさんについてである。彼女は内面も外面もすぐれた女性であった。結婚前、私と同じ職場であったので彼女をよく理解することができた。その彼女は、ある日、ある男性と見合いをした。見合いの日に、私は彼女のアパートに行って、帰りを待ちかまえていた。当時一度も見合いをしたことのない私は、このくらいしか楽しみがなかった。彼女が帰ってくるやいなや、私はたずねた。

「ねえ、どんな男性だったの?」

彼女は答えた。「彼は頭がよくて、たとえていうならばカミソリの刃のような人だった」

数ヵ月後、カミソリ氏は友人Nさんと結婚した。どうしてそんなに早く出雲の神様が結論を出したのですかって?　それは次のようなことであった。

彼と彼女のデートのとき、彼は言った。「お昼でもいただきましょうか。ラーメンはどうですか」と。彼女は答えた、「私、ラーメンって食べたことがありません」って。彼は感激のあまり、上ずった声で言った、「あなたはなんて高貴なお方でしょう。ラーメンを知らないなんて」と。しばらくして出てきたどんぶりの中味は中華そばだった。中華そばなら、私も彼女も大好物であった。「あら、ラーメンって中華そばのことですか」なんて言うことは彼女のプライドが許さなかったらしい。初めて食べるような顔をしてうまそうに音を立てて食べながら、彼女はおつゆを一滴も残さずに食べてしまったのではあるまいか。

かくして彼と彼女はハッピーエンドとなった。読者諸君よ、これは二十五年前だからこそ通用したが、いまではもうこの手はきかない。インスタントラーメンと言葉が津々浦々にまで普及し、即席中華そばなんて言葉がないからである。

私の大学の下級生で遠縁にあたる女性を、主人の友人と見合いさせたときの話である。この縁談も前記のように大変スムーズに幸福な結末であった。彼が彼女の下宿を訪れるたびに次のおみやげを約束してきたらしい。ある日別れぎわに彼が言った。「今度来るときには、甘栗でも買ってきましょう。甘栗は好きですか」と。彼女は答えた、「私は甘栗って食べたことありませんの」。その一言が彼のハートを捉えた。なんて素朴で純情な娘なのだろう。甘栗を食べたことがないなんて、上野動物園のお猿だって食べたことがあるだろうに。

甘栗の香ばしい匂いをかぐたびに、私はこの話を想い出す。私だって、こんな高いものめったに食べられやしない。それにひきかえ私は知らなくっても知ったかぶりをする悪いくせがあるので、見合いをしても決してこんな具合にはいかないだろう。友人の新婚旅行の話を聞いただけで自分がまるで新婚旅行から帰ってきたように身ぶり手ぶりで話をしたりして、この女は再婚かな、なんて疑られるのがおちである。

だれが一番損をしたか

ある夏の暑い午後、娘が小さな箱を私に手渡しながら、

「ねえママ、Ｆさんがね、ママにお世話になっているから、これお中元ですって」

「あら何もお世話してないのに、悪いわねえ」

箱を開けてみたら、Ｓデパートの五千円の商品券だった。むし暑い日は頭の働きがにぶいというが、娘の頭脳は損得にかけては、実によく反応する。

「ねえ、ママ。それ私にくれない」

ふだんから気前のよい私は、

「欲しかったらあげる」と娘にさしだした。私の手に商品券が小休止していたのは、その間、十秒ほどであった。時間が過ぎて、商品券の行く末をとんと忘れていたころ、主人が見覚えのある、Ｓデパートの商品券を私にさしだした。

「娘から、この商品券を買い上げてくれないかと申し出があったので、五千円で買い上げたが、この商品券、君にあげよう」

よく見ると先日私が娘にあげたのと同一のものであった。また私が娘にあげる。娘が父親である主人に売る。主人は私にくれる。この一枚の商品券は、なんて持ち主に幸運をもたらしてくれるものだろうか。この一枚を持っていさえすれば永久に小遣いには不便しない。主人はその度に五千円とられるが、現金が商品券に代わるだけだし、私は一時あずかり所であるので別に金銭的には損をしてないし、娘は、損をしているはずはないし、一体だれが損をしているのだろう。考えれば考えるほど頭がこんがらがってくる。商品券が人間なら、山手線にどっしりと腰をおろしているにちがいない。

不可解な話

五十年もこの世の中に人間をしていると、たくさんの友人ができるものである。その友人の一人に朝子さんという名前の明朗な人がいる。その明朗でものにこだわらない朝子さんにも悩みがあるものだ。その悩みの一つは、永年連れ添ってきた自分の名前についてである。朝子さんは私に言った。

「私はね、ほんとうは夕方生まれたんですって。それなのに、夕子じゃなくって、どうして朝子なのかしらね」

　私をもの知りと思っての質問だったのだろうか。そのたびに私は彼女に言った。

「朝の光のように輝かしい人生を送ってほしいと思う親心からでしょう」

　彼女はそれでもなお疑り深い目を天上の一点に向け、自信ありげに言う。「そうじゃないかも。生まれたのは夜でも宿ったのは朝かもね」

　そのたびに彼女の部分かつらが少しずつずれる。本人がそう言うのだから信じてあげてもよいかなあと、一週間めに気がついた。朝子さんは朝の光のようにすがすがしい性格の持ち主である。結婚してからすぐ二人の子を産んだ。二人とも優秀な子である。どうして他の家の子は、親よりよい子なんだろう。私の周囲、見わたすかぎりみんなそうだから不思議なことだ。胎児のうちからいいものと悪いものの見分けがはっきりしているのかと感心させられる。

　ある日、私の親しくしている友人に、「あなた、いい子を持ったねえ。どうしてよその子は親よりよっぽどいいのかねえ」って言ったら、喜んでくれるかと思ったら、「もう少し上手なほめ方ないかねえ」と怒った。私ならそんなふうには思わない。私たちのようなこんな立派な親より、さらにわが子がすぐれているのなら、子孫ご安泰だと手ばなしで喜んじゃうんだけど、不可解なことだ。

いまいましいこと

いまいましいとは、どんなときに生じる感情だろうか？　一つには、相手に嫉妬を感じるときだろう。私は嫉妬心を持ちあわせないほうだが、いまでも忘れられないことがある。

終戦後の食糧難の時代のことであった。満員の汽車に乗ったとき、ただならぬ雰囲気を感じたことがあった。周囲の人々の視線を追っていくと、決まって白米の弁当を食べている人のところにとまる。朝食にほんの少しの芋しか食べていない私のおなかがグウと鳴る。私はあの人の養女になりたいと、何度そう思ったことか。ふと我に返って冷静に考えてみると、こんなことで養女になるのなら、たらいまわしにされ、自分の名字を覚えるひまもなかったことだろう。食べものの恨みは恐い。なんといまいましいことだ。

男と女とどちらが得か

私ども主婦が、たまにより集まってお茶を飲みながらしゃべるとき、来世は男に生まれたほうが得かがよく話題にのぼる。貞淑なある友人は言った。

「私は、もう一度女に生まれて、来世でもいまの主人と結婚したいわ」

そばで聞いていた悪妻どもはポカンと口を開き、あたかも外国語のカンバーセーションのアッセンブリーに出席しているような顔つきになる。しばらくたって我に返った悪妻どもは反撃に転じる。

「やだなあ、いまの亭主。いまの亭主以外の男ならだれだっていいいや」

こんな悪妻どもの夫たちも負けてはいない。

「おれも、いまのかみさん以外の女ならだれだっていいや」

こうして互いに杯をかたむけ、気炎をあげているのだから、お互いさまである。何年か同じ釜のめしを食っていると、夫婦は考え方まで似てくるものらしい。

そういう私は、どんなことがあっても来世は男性に生まれたい。「ただいま」って会社から帰ってくると、やさしい色白の女性が三つ指をついて、「お帰りなさい。お疲れでしょう」と出迎えてくれる。「きみ、これ月給だよ」と渡すと、白魚のような指で一枚、二枚とお札を数えながら、「まあ大変こんなにたくさんいただいては罰があたるわ。この中の三分の一だけで十分ですの。あとはあなたが自由にお使いあそばして」と言う。着替えをして茶の間に入っていくと、テーブルの上に色どりよい料理がきれいに並べられている。彼女はモナリザのようなほほえみを浮かべて座っている……こんな女性と結婚したい。そんな女性なら「きみ、そこの棚のウィスキーを取ってくれないか」と頼むと、嫌な顔もしないで氷も一緒に持ってきてくれるだろう。「あなた、立っているついでにテレビのチャンネルをかえて」なんて間違っても言わない女性……主人が叶えられなかった夢を、せめて妻の私が来世には男に生まれかわって叶えてあげたい。

こんなことを考えて、私はにやりと笑った。私のこんな魂胆を知るよしもない悪妻どもは、「平田さん、何一人でにやにやしてんのよ。あなた、きっといまの生活に満足してるんでしょ」と言った。

私は素知らぬふりをして夢を追いつづけていた。

友人の愛犬

元気で可愛いプードルが友人の家にいる。そこの夫婦のかわいがりようは、夫婦が犬を飼っているのか、犬が夫婦を飼っているのか、わからないほどである。

当時その友人は川崎市宮前平の五階建てアパートの五階に住んでいた。その部屋から見下ろせる隣接の道ではよく車の接触事故があった。そのたびにピーポピーポと救急車がサイレンを鳴らしてきた。生活の変化のない犬は、だっこして高窓から見せてほしいとせがんだ。そのうちに、犬も飼い主も救急車のサイレンがこよなく好きになった。どんなに熟睡していようが、サイレンの音を聞くととび起きて窓を開けて見る習慣がついた。犬と飼い主が同じ知能程度になった。

「何を言うか」と叱られそうだが、飼い主は犬のことをこうほめている。「うちんちの犬ね、人間ならば東大に入れるほど頭がいいんだよ」って。そんなら犬のほうがちいっと頭の程度がいいのかな。

女性心理

私を知る周囲の人々は、私が大変世話好きな女だと思っている。事実、私は世話好きかもしれない。だれでもめんどうなことを頼まれることは好きではない。しかし、結果がうまくいって他人様の喜ぶ顔を見ると、めんどうくささなどふっとんでしまう。そんな私のところに、よろず相談が舞いこんでくる。

ある知人から、一番頼まれやすい縁談を持ちこまれた。その知人の娘さんは昨年大学を出たやさしい女性である。「どんな男性がよいかしら」と聞いたら、「タモリさんのような男性がいい」と答えた。

タモリさんとは、テレビを持っている家庭では知らない人はいないほど、茶の間をにぎわせている人気者で、顔を見ているだけで心が明るくなってくる。私も彼のファンの一人であり、私の大切なダンナさんもせめてあの半分でもいいから明朗だったらいいのにと秘かに願う女性が多いのではないだろうか。でも彼は、家庭でも奥さんにああなのかしらと思うと、どうだろうかと半ば疑問に思う。なんでそんなこと思うのかって聞かれたら、はなはだ申し訳ないが、わが家の亭主をひきあいに出そう。

私の愛する夫は、この世の中にざらにこんな男はいないのではないのではないかと思うほど外面がよい。そして外面しか知らないおせっかいやきやが私にこう言う。

「奥様ってほんとうにお幸せね。あんなにやさしいご主人で、そのうえいつもご一緒に買い物についていらっしゃって」

そのたびに私は心の中でこう叫ぶ。

「何言ってんだ、わが家の亭主ほど幸せものないよ。私のようなよい奥さん持って、私よりよっぽど幸せだ。買い物に一緒に行くのは、私が生活費を持っていないだけなんだ。おたんこなす」

でも外面のいい私は、

「ええ、そうなの、私ってとっても幸せよ。うちのだんなさん、私の料理の味つけに満足して、一度も調味料を足したこともないし、来客のとき、きみの料理の盛りつけは大ざっぱだねえなんて、有田焼の器から九谷焼の器に入れかえることもないしさ。そのうえ学生結婚なんだもん」

と答えることにしている。でも一言だけほんとうのことを言うと、彼は決してケチではないよ。

内緒話の効果

人間、どこか痛いところがあると、その部分だけが存在感があり体の大部分を占めてしまう。そんな経験はだれにでもあるだろう。私は精神的にこんな作用がある。どうしても聞いてもらいたい話があるとき、私の全神経は口のまわりに集中し、唇のあたりがピクピク痙攣《けいれん》を起こす。そんな状態になったとき、私は友人Sさんのところにとんでいく。

「ねえ、聞いて聞いて」と息もつかずに話す。立て板に水などというそんななまやさしいものではない。まさに鉄砲水だ。目はひきつり、口角泡をとばし、すさまじい形相である。話し終わってから必ず「だれにも言うんでねえぞ」の一言を忘れない。彼女は「死んでも言わないよ」と私に忠誠を誓う。

私はそれでもなお疑う。「あなた、そんなこと言ったってさ、人間手術を受けなければいけないとき、麻酔かけられると、なんでもべらべらしゃべる人がいるんだってさ」と私が言う。彼女も負けてはいない。「私が無痛分娩で麻酔でもかけられたら、猿ぐつわでも持ってとんできなよ」と来る。

彼女の心の中の金庫の中に私の秘密がごってりと詰まっているが、一度も合鍵で開けたことはない。私にとって彼女は秘密のアッコちゃんである。ただ信頼できる彼女が一つだけ私を悩ませることは、彼女の記憶力は並大抵のものではないことである。一度聞いたことは絶対に忘れない、嫌な性格を持っているので困ってしまう。それにしても女性は私を含めて秘密が多すぎるのかな。

嫉妬心

嫉妬という字のように、嫉妬とは女性特有のものであろうが、私のように他人に対して無関心なものでも嫉妬心があるのだから嫌になってしまう。とびぬけて美しい女性を見ると、あんな女に限って根性が悪く内容がないんじゃないかと思う。私と同じようなバランスのくずれた顔の女性を見ると、家にとんで帰って、押し入れの中に隠匿してある中元や歳暮の品々をみんなあげてしまいたい衝動に駆られるが、わが家の押し入れの中にはまだ中元や歳暮の品がたくさんあるところを見ると、私よりくずれた顔の持ち主は、この世の中に存在しないのではなかろうか。きれいな花にみんなとげがあるはずないよね。

嫉妬

他人から嫉妬されるということは、他人が持っていないものを持っているからである。即ちそれを特技と呼ぼう。私にもいくつかの特技があるが、そのいくつかをここに紹介しよう。

私はふだん仕事を持っているので、女友達と旅に出ることはほとんどない。昨年、初めて友人と四人で道南の旅に出た。北海道の初夏は思ったよりさわやかで、なんとなくエキゾチックである。ふだんよく知っていると思っていた友人たちは、旅に出ると、ふだん感じられない性格の一面を現す。彼女たちの共通の悩みは、不眠と便秘であった。私は彼女たちの悩みの口封じのために、大切にしまってあった便秘薬を持っていった。それは私のためではなかった。これで感謝されるだろうと思いの他、なんとなく感謝が足りない。なぜなら、私は流通センターがうまく働き、私の快便は食前食後だからである。心なしか彼女たちは、私に冷たい。昼間はそんな嫉妬のまなざしに悩まされ、そのうえ夜は夜で嫉妬に悩まされた。私は床に入るとき、必ずこの一言を忘れない。

「ねえ皆さん、私って寝つきが悪くってほんとうに困っちゃうの」

彼女たちは私のこの一言にどんなにか安心することだろう。ところが言うは易く行うは難しという諺があるが、私はふとんに入ったとたん、高いびきになる。この特技に対しても彼女たちは狂わんほどに嫉妬し、絞め殺してしまおうかとゆかたの帯をほどいたというから恐ろしいかぎりである。

そんな夜が過ぎ、夜が白々と明けるころに彼女たちはむりに寝つき、私はさわやかな目覚めが来る。私が起きだそうとしようものなら、「朝起きても動かないで」とその中の一人が私に命令する。私は死んでいないかぎりは目が覚めるとすぐ起きだす癖がある。女性の嫉妬は大変恐ろしい。帰りの飛行機の中で彼女たちは思ったそうな、「絶対もうあの女なんか連れてこないから、知らないっ」と。

どこかがおかしい

私の千葉の田舎の隣家に頭のいい娘がいる。T薬科大学の三年生である。彼女は大学の寮生である。

ある寒い冬の日、頭のいい娘からさらに頭のいい母親に電話があったそうな。

「もしもしお母さんですか、こちらの冬は寒くってしようがないから、何か着るものを送ってください」

頭のいい母親は聞いた。

「コートは着ているの」

「そうよ、コートは着ているわ」

セーターは、ブラウスは着ているのか、一つ一つ品名をあげて具体的に聞いたが全部持っていた。なぜ彼女は寒いのだろう。頭のいい母親は冴えた頭脳で考えた。そうだ。彼女はシャツを着ていないからだ。そこでシャツを大量に送った。頭のいい娘からまた電話があった。

「お母さんですか、私の同室の友人は寒いって家に電話したら、友人のお母さんは、寒いってつらいでしょうと毛皮のコートを送ってきたのよ。私は肌着を送ってきたって友達に言えないわ。いまの若者はシャツなんて着ないのよ」

頭のいい母親は、血のめぐりの悪い隣家の私に相談に来た。

「驚いたねえ、今の学生は毛皮を着るのかねえ。親の私も着たことないのにさあ、毛皮なんて銀座のショーウインドーに飾ってあるだけだと思っていたのにさ」

驚いていまにも息が止まりそうな声だった。私は言った。

「じゃ今度手紙書いてあげなよ。そんなに毛皮が欲しいのなら、もうちっと待ちな。向かいの家の犬が老衰で、この冬持ちそうもないから、死んだら毛皮もらっといてあげるからよ」

彼女が娘に手紙を書いたかどうか、そんなこったあ私にゃ責任がないことだ。

車中もまた楽し

このうえなく出不精な私は、めったに電車に乗ったことがない。電車の中は社会の縮図である。老若男女、さまざまな人たちが乗っている。それらの人々を眺めながらさまざまな空想をしながら乗っている限界は、三十分程度である。いたずら心の旺盛な私は、そのうち何かおもしろいことでも起こらないかと期待しはじめる。そのころになると必ずと言ってよいくらい一人の車掌さんが入ってくる。

「ご乗客の皆様の中でお乗り越しの方は精算させていただきます」

それ来た。いま入ってきた車掌さんは本番ではなく、リハーサルの部である。それからしばらくすると、切符拝見の車掌さんが検札に来る。この本番にあうと、嫌でも切符を拝見させなければならない。そんなとき、私の切符は、必ずと言ってよいほど網棚の上のボストンバッグの中のお財布の中に眠っている。持ち主に似て私の切符は人見知りで知らない人との面接はとても嫌がる。

「奥さん、切符拝見させてください」と車掌さんが言う。「拝見させたいけれど棚の上ですよ」

と私。「ちょっと立ち上がってとってくださいよ」と車掌さん。「大丈夫ですよ、ちゃんと下車駅まで買ってありますよ」と私。「それならよけい見せられるでしょう。奥さん疑られても仕方ないですよ」と車掌さん。「あれ、あんたおもしろいこと言うね。それじゃかけやりましょうよ。五百円のかけじゃどうですか」さすがの車掌さんも顔色を変え、「冗談じゃねえよ、わたしゃ、あんたとかけして遊んでいるひまねえよ。かってにしな」

そのとたん頭をゴツンとたたかれた、しかしたたいたのは車掌さんじゃなくて、心地よい居眠りで舟をこいでいた私の後頭部が窓枠にぶつかっているのだ。ああ、夢でよかった。頭の上のボストンバッグも静かに居眠りをしていた。

シブウチワ

「渋うちわって知ってるかい」

いまの子どもたちにこんな質問をしても知っている子はいないと思うほど、渋うちわの存在感は過去のものになってしまった。私たちが子どものころ、扇風機のない家はあっても、渋うちわのない家はなかった。四角ばって茶色の柿渋を表面にひいたうちわは、必ず七輪のそばにおいてあった。炭をおこすとき、小さな七輪の口からパタパタあおいで火をおこすときのほこらしげなこのうちわは、まさにうちわの中の首長である。このうちわをなつかしく思い出したのは、今年の夏に伊豆急行の窓から移りゆく景色を眺めていたとき、前部座席の二人のヘビースモーカーの男性に悩まされたときである。そうだこの煙を前にふきとばすには渋うちわがあったらよい。卓球のラケットのようにふりまわしてあげたいと思う。鼻の穴の中に入れられるフィルターがあったらまっさきに私が買いたいものだ。たばこの煙、撃退用に一本買いませんか。

たしかめたがりや

世の中になんでもたしかめなければ、気のすまない人がいる。五百円也の小梅のびんの中に何粒の小梅が入っているか、もっと細かい人はスプーン一杯のコーヒーシュガーは何粒あるかなど実にひまと執念のある人がいる。私など正反対で、もらった数もあげた数も覚えていない。ある日娘が北海道のおみやげだと、生鮭一匹持って帰ってきた。羽田からまっすぐ帰ってきたのなら問題も生まれなかったが、生鮭とアベックで六本木をさまよい、夜の十一時過ぎの帰宅であった。翌朝仕事の前に、主人が切れない出刃包丁で調理するころは凍っていた鮭もかなり柔軟な態度になってきた。何を食べてもおなかをこわさない友人を選んで、

「鮭半身あげるから取りに来るように」

と電話をした。喜んで取りにきた友人宅を次の日に訪問し、鮭はおいしかったかと聞いたら、そこのばあさんが言った。

「あんた、きのうのしゃけさ、あれほんとうに半身だったの」

「たぶん半身だったと思うよ」

と答えたら、さらに意地悪そうな顔をしてばあさんは言った。

「頭も入っていたから若いものがさ、切身を並べてみたら、二頭身半しかなかったとさ。あんな寸づまりのしゃけはないとよ」

ときた。家族中が集まってテーブルの上に鮭の切身を並べ、

「これが半身だって、あのけちんぼ。きっと冷凍したとちがうかよ」など話しあっていたのが聞こえてくるようだ。きっとあの一家は、子どものころ近所づきあいが悪く、ジグゾーパズルばかりやっていたのではあるまいか。他人にものをあげるのにも考え考えやらなければならない世の中は実にきゅうくつなものだ。

私は笑わない

テレビ番組「それは秘密です!!」の司会者の一人、桂小金治さんは、ほんとうに心のやさしさが顔にあらわれている。出演した視聴者の最後のご対面になると、もう声が上ずって、そのうえ垂れ目がいよいよ垂れ、その細い目から涙が垂れてくる。私はその度に四十年も会わなかった親子が名のり出て対面してこのあと、うまくいくのかなあと思ったりする、実に不出来なうたぐり深い女性である。なぜかって私と子どもたちは下は十八年から上は二十五年も親子をやっていて、歯車がかみあわない日が多いからである。九月末の朝日新聞の投稿欄に「女性四十を過ぎたら子離れが大切。母親業をやめて自分を大切に生きなさい」って書いてあった。そんなこと百も承知のコンコンチキよと心の中で叫んだが、子どものほうで親をすり切れるまで使ってやれと思っているから始末におえない。どこの現代っ子も多かれ少なかれそんな気持ちではあるまいか。

脱線した話をもとに戻そう。私だって血や涙がある。他人の悲しみが身にしみて泣くことも感涙にむせぶこともある。ただ、少ない特技中の特技に絶対に笑わないような訓練ができている。それは私の学生時代にさかのぼるが、食後、落語放送を聞きながらくつろいでから後片づけをすることがいつの間にかわが家の習慣になってしまった。そしてその落語を聞いて笑わなかった人が後片づけをしないですむような決まりができた。その後片づけをまぬがれるのがいつも私であり、落語が終わって祖母たちが後片づけをしている間中、私は腹をかかえながら、ころがって笑った。純粋であるべき処女の時代から私は生意気な娘であった。こうして笑いに耐える特技が身についたのである。そして他人の失敗でも絶対に笑わない奥ゆかしさも身についたのである。

テレビ番組

近ごろ、専業主婦が一日、家にいても退屈しないですむ強い味方ナンバーワンはテレビであると思う。たまに仕事が休みで家にいるとき、次々に見ていたら、何もしないうちに一日が過ぎてしまいそうである。中でも朝八時半からのテレビ番組は、ほとんどの局で、うわさ話の花が咲く。午後二時過ぎるころまた、うわさのスタジオなるものが登場し、その時間は二、三の局で一斉にうわさを流す。どうしてテレビ局はうわさがこんなに好きなのだろうか、と考えてみたら、世のご婦人たちがうわさが好きだからなのだろうと考えついた。近所の奥さま方が集まると、

「ねえ、あなた、今日の○○チャンネル見た？　ねえ、あの俳優とあの女優さん結婚するんですって？」

「そうなのね。私あの俳優さん好きなのにがっかり」

なんてことから延々とうわさ話が続く。おかげで近所のトラブルが減った。近所のうわさ話に花を咲かせているよりは、ずっと平和でいい。心なしか、近所のトラブルがなくなった。これひとえにテレビのおかげかもしれない。テレビも平和の使者なのだ。世の主婦族よ。テレビの受信料が高いなんてこぼさないでほしい。え、ＮＨＫにはそんな番組ねえって。ご安心なされ、朝の連続ドラマを必ず見ているんじゃないの。

拝啓　国鉄総裁殿

世の母親を代表して一言願い申上候。終電車の時間をせめてもう一時間くりあげてください。子どもたちが帰りが遅くて困ります。それもこれもその責任の一部は国鉄にあります。遅くまで電車が動いているからです。終電車がもう一時間早かったら、私の胃の痛みも一時間早く治まります。もしそんなことはできないと言うのなら定期乗車券に深夜料金を加算していただけないでしょうか。そうすれば、いくら経済観念が破壊している頭でも三回に一度は早く帰ってくるでしょう。いや、やっぱり時間をくりあげてください。そうすれば労働過剰になり、深酒をして翌朝の一番電車が脱線するなんて事故が防げるでしょう。双方に得すること、うけあいです、頼みます。

ご低頭をお願いします

十一月二十四日、結婚式に招待された。土曜日と大安が重なったためか、式場は、駅のラッシュアワーのホームのように混雑していた。予定の時間より十五分ほど遅れて、厳かな神前結婚式がとり行われた。新郎新婦が玉串を奉納したり、誓いの言葉を読むたびに神主の服装をした司会者がごていとうをお願いします、と言う。〇〇銀行の債務者である私は、そのたびに借金の額が頭に浮かんだ。今度は何を抵当にしようかと、胸の動悸《どうき》がひときわ高くなる。しかし落ち着いて考えてみると、あの司会者は、私が借金していることまでは知らないのではないかと周囲を見まわすと、ごていとうをと言うたびに、一斉に頭を下げている。ごていとうとは、ご低頭のことかと初めて気がついた。五十年も日本語に親しんでいるのに、日本語とは、むずかしいものだと認識を新たにした。ご低頭、ごていとう、私はなんて悪いほう悪いほうとものごとを考え取り越し苦労をしているのだろうか。根暗の容子さんなんて私のことかと思った。

気は持ちよう

今年の夏はやけに暑い。私の所属している立川教会は、立川市市民会館の近くにある。主人は役員をしているので、役員会のある第一日曜日は、礼拝後、役員会のある二時間ほどは私だけどこかで時間を費やさなければならない。そんなときよく市民会館のロビーで過ごさせていただく。私だけでなく、帰宅途中の教会員も、しばらくの間、ここで涼んで帰る人が多い。

ある暑い日、ここで二時間の時間を過ごした。そのとき、丸いソファに十人ほどの人が腰かけていた。みんな「なんてここは涼しいのでしょう」と話しあっていた。私もここなら四、五時間は読書で過ごせるほど快適だと思った。二時間ほど過ぎたとき、清掃係がテーブルを拭きに来た。

「奥さん、すみませんがここのテーブル拭かせてください。今日は催しものがないので冷房を切ってあるから暑いでしょうね」

冷房が効いているとばかり思っていた私は、死ぬほど驚いた。とたんに、体じゅうの汗が噴きだしてきた。丁度そのとき、外に主人の車が止まった。挨拶もそこそこ車にとび乗った。ああよかった。二時間前にこのことを知っていたら、暑気でぶっ倒れていたかもしれない。

人間はなんと単純なんだろう。鍋に冷たい水を入れておいて、その水の中に指を入れさせ、そばにいたいたずらな人が、「熱い」と声をかけるとやけどをしてしまう、なんて話をどこかで聞いたような気がする。気は持ちようだ。くよくよしないで大らかに生きていきたいと思った。

バスに乗って

私の生活の中に、なじみのないたくさんの苦手なものがある。その中の一つは、バスでどこかへ行かなければならないときである。たまにしかバスに乗ったことのない私は、バスの乗車方法について慣れていないから、時々失敗する。近ごろでは、ほとんどバスはワンマンカーであって、バス後方から乗車するとき、バスの始発駅以外は、後方ドアを入ってすぐの場所に、まるで生きている箱のように、乗車駅を示すナンバーが書かれた切符のようなものが出て、それを持って乗らなければならない。私は、時々これをとり忘れてしまう。座席を見つけるのに夢中で、そこまで考えられないからである。座ってから、この失敗にすぐ気がつけばよいのだが、かなり走ってしまってからこれに気がつく。停車しているときをねらって、運転手さんの近くにより、これ以上可愛らしい声が出ないほどのぶりっこぶりで「すみません。昭島交番から乗ったんですけれど、券をとるのを忘れてしまいました。どうしたらよいでしょうか」とたずねた。

「もっと早く言ってください。後ろへとりに行ってください」

そのめいわくそうな声。バックミラーに声に似合わない五十女の顔が映しだされているのだから、たまったものではない。すっかりあわてた私は、目的地より二つも手前の停留所で降りてしまったのだ。それならば私もバス会社に一言言いたい。いつか私がバスに乗ったとき、男の運転手さんなのに、不似合な女の美声が聞こえてきた「お降りの方はナンバーに合わせた、運賃を箱の中へお入れください」と、そのとき、私の前に座っていた三歳くらいの男の子が「ママ、うんち、うんちがしたいよ!!」と大きな声で言った。母親は困って、次のバスストップで子どもをつれて降りてしまった。運賃と言ったのを聞いた子どもがとっさにウンチがしたくなったのだろう。これから運賃と言わないで料金と言ってもらいたいねえ。

社交ダンス

いつのまにこんなに人気が出てきたのか、わが昭島市にもおびただしい数のダンスサークルがある。若い二十代からシルバークラスにいたるまで、ダンス人口はどのくらいいるだろうか。

世の中が平和であるからで実にほほえましい。

なんでも流行に乗りおくれないようにしようとする夫のすすめがあって、私たち夫婦も、六年前から一週間に二回ずつ、ダンスのレッスンに通った。いままで知りあわなかった友人がダンスサークルで何人かでき、世の中がいっそう明るくなったような気がする。
二、三年前の私のパートナーに、T病院の院長先生がいらっしゃった。温和な六十過ぎの先生であった。彼は足でだけステップを踏むのではなく、実に見事に頭でステップを踏んでいるのではないかと思うくらい、さえた頭脳の中にステップの順序を刻みこんでいた。ある日お相手をしていただいていたら、彼は、言いづらそうな声で私の耳もとでささやいた。そのささやきをタンゴの曲をバックにロマンチックに受けとめようとした私の期待がはずれた。
「奥様、ダンスというのはね、奥様が僕をリードするのじゃなくて、僕が奥様をリードするのですよ」

ああ、そうだ、ここでも私の悪い性格が出ちまった。「出しゃばりのわがまま」という看板を背番号にしているような私に、彼は人生哲学を教えてくれたのだ。

それからは、だれにお相手をしてもらっても、決して自分からリードするようなことはなかった。そういう習慣が身についてか、自分からステップを覚えようとする意欲がとぼしくなったように思われる。

その後よく観察してみるとT先生は、ワルツを踊られるとき、口の中でボソボソと言っているので、また私に対する忠告かと耳を澄ましていると、

「ドン・パッパー、ドン・パッパー、ドン・パッパー、ドン・パッパー」とくり返しているのだ。ああ、ダンスって頭の運動だけでなく口の運動にもなるのだな、と感心した。さすがにブルースを踊るときだけは、「ドンドンドンパッパ・ドンドンドンパッパ」とは言わなかった。

ダンスはなんて楽しいんだろう。あるときこんなことがあった。あるダンスサークルのサンバのコンテストで準優勝になったことがあった。

よく考えてみると、私が上手なのではなく、そのときのくじ引きであたったパートナーが上手だったのだが、大衆の面前で会長からメダルをかけてもらったとき、私のこれからの人生に、もうノーベル賞をもらわなくともいいな、と思ったくらい満足していた。

＝閑話休題、第五章へ＝

第五章　家族もどきも家族のうち

祖母

私の祖母について少し書かせてほしい。

祖母は明治二十三年東京の麻布に生まれた。幼くして母を失った祖母は、大変他人の心を読みとれる頭のよい女だった。色白で丸ポチャでだれからも愛されたという。降るほどの縁談をことわって千葉県九十九里の白子町の祖父のもとに嫁いできた。理由は、姑と祖母は従姉同士であったので、きっと可愛がってくれると思ったから田舎でがまんしたそうである。しかし、世の中はそれほど甘くなく、姑は姑であった。

私の小さいとき、祖母は私をひざの上に乗せながらいろいろなことを話して聞かせてくれた。その中でもくり返し聞かされたことにこんなことがあった。「横文字（英語）とかけて何と解く？」「姑と解く」。心は「嫁（読み）にくし」

私の母は養子とりであったので、もの心ついてから嫁姑の争いなど聞いたことがなかった。おかしなことを言う祖母だと思った。祖母は、祖父が死んでから後まで残った姑を大切にし、若いときさんざん意地悪をした姑が年老いてから祖母に向かって、「貴女が一番よかった」と感謝していたとか。私が嫁に来るとき、「おばあさんを大切にしなさいよ」と真珠のネックレスを買ってくれた二十五年前が、きのうのことのように思い出される。

その他にも祖母は百人一首をもじってこんな狂歌を聞かせてくれたことがある。

春過ぎて夏吊る蚊帳を質に入れ外で利が食い中で蚊が食う
そのころから子供心に借金したくないと思った。私の即金で買う習慣はこのときから学んだのかもしれない。現在は蚊が食うなんてそんな甘っちょろいものではない。サラ金苦で悩んでいる人はわんさといる。恐ろしいことである。

私がいつか年老いたとき、私の祖母のような性格になりたいと思う。「私を通り越してなぜそんなことを思うのか」と母に叱られそうだが、私の母は長い間女手一つで子どもを育ててきたためか、だいぶくよくよ型のように思われる。決して悪い人ではない、心やさしい女性であり、教育者としても母親としても九十八点をあげよう。残る二点はやや考え方が悲観的である。この悲観型の女性の産んだ二人の女の子の中の一人即ち姉について語ろう。この母親に似ても似つかない女性である。

姉

私の母が産んだ長女が私の姉である。昔の人なのにどうして子どもが少ないのかと不思議に思う人に一言解説しておこう。

母が結婚してから四年目に私の父は病死した。即ち四年の間に二人の子どもを産んだことになる。昔は子どもの多い家庭を「貧乏人の子だくさん」とか、「律儀者の子だくさん」といったが、わが家も父が定年まで生きていたら八人くらい母も子どもを産んでいたことだろう。

その二人の子どもの中の姉と私は体型も性格もぜんぜんちがうから不思議だ。高校在学中、生物の教師がメンデルの法則を解き、しかし似ていない姉妹もいるという例に私どもをあげていたそうである。その相違は出産直後に始まる。姉は大きく生まれ、私は小さく生まれた。そのときから私は遠慮のかたまりのようなひねた子だった。昔は、姉のおさがりを妹が着るように法律で決まっていたらしい。いまの時代のように姉妹がペア・ルックなどとは思いもよらなかった。その大小の体型は、姉が小学校一年に入学したときのセーラー服を私が小学校六年卒業のときに着せられたほどである。おさがりの服を着ながらわれわれ次女どもは、友達同士で「次女同盟」なるものを作り、絶対におさがりに甘んじてはいけない、服はおさがりでも心は錦、などと言いながらも、見なれたなつかしい服を着ながらの登校であった。またいまのように一人一部屋ずつを与えられるような時代ではなかったので、一つの電灯の下で机を向かいあわせて勉強したものである。

彼女は実に怠慢型であり、私は努力型であった。試験のときなど私の勉強している机と向かいあってよく居眠りをしていた。そのくせテストの結果などは私よりよいのだから始末におえない。その平和な寝顔は、「へへへ、どんなもんだい、ざっとこんなもんよ」と私を嘲笑しているようにすべてがゆるんでいる。起きているときもこうだから寝ているときは天下ご免である。夏、同じ蚊帳の中に寝ているとき、彼女は眠っているというようななまやさしいものではない。まさに死んでいるような深い眠りである。死んでいるのなら動かないでいいが、ときどき長い足と手をばたつかせて寝返りをうつ。そのたびに蚊帳がゆれ、待っていましたとばかり蚊どもが採血に来る。私はもうそうなったら寝てなどいられない。むし暑い夜、蚊帳の中に座っていつになったら彼女と別れることができるのかと悩んだものである。

「そうだ、結婚したらこんな悲劇から解放される」そう思った十五の夏こそ、私が結婚にあこがれた最初かもしれない。彼女には眠りと目覚めの端境期がないのである。

こんなこともあった。その当時は終戦直後であり、住宅が不足していた。母と親しくしていた入江さんという家に同居させてもらっていた。その家は九部屋と離れがあり、当時は大邸宅であった。そこの住人は、戦争で夫を亡くされたおば様と六人の男の子、かつて私が会ったこともないような上品なおばあ様が帽子をかぶって離れの座敷にいた。祖母、母、姉、私の四人は離れに近い八畳間を借りていた。トイレは離れの一番近くでおばあ様と共同で使っていた。

ある日、歴史的ハプニングがトイレの中で起こった。昔のトイレは薄暗く、裸電球一つが女性用と男性用の間についていた。姉が和式トイレをまたいで用をたそうとした真夜中のこと、トイレの中から声がした。

「公代さん、私、ここにおりますです」

さすがの彼女も、このときは、肝を冷やしたらしい。こんなことを書くと、他人は本気にしないかもしれないが、これは全くの事実であり、彼女を知る人はさもありなんと思う。それほど彼女は眠たがりやであったし、コンパスの長い大女であった。それが証拠には、運動会の百メートル競走のとき、「ヨーイドン」とピストルの鳴った何秒間はぐいぐい二等をひきはなしトップであるが、中間からしだいに後れゴールではビリに近い状態になることは自他ともに認めるところである。

後日、トイレ物語をしたとき、彼女は『あれ、そんなことがあったかしら』と平静であり、驚きも一過性のものであるらしい。これに近い話は、まだまだたくさんあるが、彼女の名誉のためにこれ以上は書くまい。

残る一人

残る一人は私である。姉が生まれたとき、「きれいな子が生まれたよ」と言った父が、私が生まれたときには「利口そうな子が生まれたよ。先が楽しみだ」とほめてくれたとか。外見ではほめるところが一点もなかったようである。目鼻だちはととのっていなかったが、色は白かったようである。ただし色の白いのはくせものである。赤ちゃんと言われるくらい新生児は赤く、赤ければ赤いほど色が白くなるとか。新生児のときに色の白い子は反対に黒くなるそうで、私もこの例にもれず、色の黒い、髪の毛のちりちりな子であった。

当時、私の育った千葉県銚子市は、夏になると、観光事業の一端として「黒んぼ大会」というコンクールが催された。私を知る多くの人々から出場しないかと声がかかった。なぜかと言えば入選すると推薦者にも金一封なるものが出るからである。けれども私は一度も出場しなかった。理由は私にもプライドの一かけらを持ちあわせていたからである。

顔の悪い分は性格のよさが穴うめしているのだと、平気でうそのつける少女時代を友達は私をテンプルちゃんと呼び、乙女時代をペコちゃんと呼んだ。私は、幸か不幸か年齢よりだいぶ若く見えた。私が大学三年のとき「お嬢さんは何年生ですか」と質問され、「三年です」と答えたら、「来春は卒業ですね」と言われた。すなわち大学三年と高校三年を間違えられていたようである。なんと寂しいことか！　当時私は単位の修得に四苦八苦であり、二年後の卒業もおぼつかないほどの苦しい立場にあったことを知らない人の悲しい質問であった。

こんなわけで私には適齢期がなかった。二十六歳で主人に拾われるまで、美しい十代と隣人は見ていた。こんな悪い点は遺伝するとは知らなかったが、いまわが長女は二十六歳になりお肌の曲がり角をUターンしはじめたのに、私の友人などは「あら、このお嬢さん十八歳くらいですか」なんて質問する。そのたびに連れだって歩いている長女は、ざまあみろというようなふてぶてしい顔つきで、結婚する意志もなく悠々自適の生活を送っていることはあきれたものである。

似たもの夫婦ってうそだ

同じ屋根の下で同じものを食べて生活していると、性格が似てきてものの考え方まで似るという人がいるが、あれはうそである。もしそうならば、離婚の原因に性格の不一致などということはあり得ない。主人と私は外見から内容まで正反対である。まず外見についてのべよう。

彼は、身だしなみなるものは、満点であり、着ているものはとてもセンスがよい。一方私は、軒下に下がっているてるてる坊主のように、顔と手が出る洋服ならなんでも気にしない。私どもが連れだって歩いているのを初めて見る人は、主人がお手伝いさんを連れて歩いていると思うらしい。主人は胸をはって足早に歩く。私は彼を見失うまいと思いちょろちょろと前こごみに歩くのだから、よけい貧しく見える。

ある日、立川の駅ビルを歩いていたら、見知らぬ店員が私に声をかけた。「あの男の人、御主人ですってね。素敵ね。根上淳さんによく似てるわね」ですって。「あら、それじゃ私はペギー葉山さんに似てますか」って言おうとしたが、ペギーさんが怒るといけないと思ってやめた。「なんでぇ、相手ばかりほめて不公平じゃねえの」と言おうとしたが、変なのは外見だけじゃなく頭の中まで変だと思われたくないので、このうえなく純情そうな顔をして我慢した。

私の主人は、外面はよくても内面が悪い。内と外でよくもこう変われるものかと驚くほどである。俗に「歯が浮くような」というたとえがあるが、彼の行動を見ていると、私の口の中の親知らずと前歯の配列が入れかわったような気がする。その点私など実に善良である。家族に対して、これ以上奉仕できないほどのボランティア活動を続けていて、われながら涙ぐましい。「愛は惜しみなく与える」という言葉があるが、新婚当時の私は、やさしくこまかい心くばりがあり、だれからも愛された。その全くよい点を主人に与え、そのお返しに主人からたくさんの欠点をもらって現在に至ったのだ。

こんなことを周囲の人に言って聞かせるが、だれも笑っていて信用しない。「本人が言っているのだから一番正しいのだ」と言えば言うほど、信用度が落ちる。ただしたった一人、十年間わが家に住みこみで働いていた山本さんという聖女だけは「うんうん」と聞いてくれる。そんな彼女を見ていると、彼女の周囲から後光がさしてくるように見える。

旅と人生

主人と私の共通の趣味の一つは旅である。ただし二人の旅に対する心がまえはちがう。主人は旅に出る前に行く先々の名所旧蹟など歴史学者のように丹念に調べ、旅から帰ると必ずと言ってよいほど、思い出の記を書き残す。そしてときにはそれを雑誌に投稿している。私は、それとは反対に、事前に何も調べず、帰ってくるとすみやかに忘れることにしている。

せまい日本である。これから先何回同じ場所に行かないとも限らない。忘れるということは、何回行っても初めてと同様な感動を持つからだ。そのたびに主人は、あきれたような顔で私を見つめ、彼女の記憶の袋の底はぬけているのではあるまいかと疑わしい目つきをする。私だってそんなに忘却婦人ではない。それが証拠には、自転車を乗り捨ててきても必ず探しあててくるからだ。事前の調査は結婚式のスピーチを暗記してきた人がすらすらシャベルように味気ないものである。私はなんでもリハーサルを持たないぶっつけ本番が好きである。ぶっつけ本番の人生こそそこにベストをぶつけることができるからである。

旅と人生　その二

私たち夫婦は変な癖を持っている。旅の宿が気に入ると、何度でもその宿に泊まるようになる。最初は支配人の視線が何となく探るように私たちを見るが、そのうちに気心がわかり、歓待してくれる。

修善寺駅より車で二十分ほどの嵯峨沢《さがさわ》に、ただ一つの嵯峨沢館という落ち着いていて情緒豊かな宿がある。昭和三十三年狩野川台風で流される以前、主人が中学卒業のとき、友人とこの旅館に初めて宿をとったとか。川沿いの宿で、縁側から釣り竿を出して鮎釣りをしたそうである。桜の花の満開の庭に立って友人と肩を並べて写した写真がいまも彼のアルバムに納められている。その十代のころ、彼はいつか家族を連れてまたこの素敵な宿を訪れたいと強く心に誓ったとか。その十代の夢をいま叶えてもらっている。

わが子の小さいときからこの宿に泊まっていたので、ほとんどの部屋という部屋はおなじみである。後日改造しているが、清潔さと暖かさと気品にあふれている様は、昔も今も変わらない。この宿のある間、別荘もマンションも買わず、よく働いて時々ここを訪れたい。

似たもの母娘

どんなに性格の異なる母娘でも共通点を持っているのだということを発見した、あの秋の日のことについて書こう。

長女は二十六歳である。外見は知性と正比例するせいか、大変若く見える。七歳離れている大学一年の妹と買い物に行くと、友達ですかと聞かれるというから始末におえない。娘がそろそろ適齢期ですからよろしくお願いしますと知人に依頼すると、みんな一様に大げさに驚き、「まあ、奥さまくらいお顔が広くてお世話好きな方が、冗談も休み休みおっしゃって」とくる。顔の広いのは輪郭だけであり、まさか娘を売ってあるくわけにもいかず、ほんとうに困ってしまう。

そこで考えた。私が過去に仲人をして結婚させた人の家を訪問し、「さあ皆様、ここがご恩のお返しどきよ」と言って歩くのだが、ちょうどみな倦怠期にさしかかった年齢に入っているので、いっこうに恩を感じていないらしい。

昔の諺に「のどもと過ぎれば熱さを忘れる」とあるが、現代の人たちは、のどもとにあるときにも熱いという感覚はないようである。すなわち自覚症状ゼロである。そのうえ、「いまのお嬢様方は、ボーイフレンドの二人や三人はいるでしょう」と涼しい顔をして言う。この言葉を二十年前にあなたに言ってあげたかったと心の中で悔やむ。「何も嫌ならたのまねえぜ」と心の中で叫んでやった。

こんな日々の連続の後で、数年後、息子の浪人中にお世話になった予備校の寮長先生の奥様から、友人に大変結婚の世話をなさる方がいるからという報告があって、娘の身上書を持ってそちらを訪問したことがあった。とても上品で親切なお方で、娘にいろいろ質問をなさった。

「お嬢様、お相手の男性の出身大学は、K大かW大までですか」

娘は答えた。

「大学は選びません。しっかりした人格の方でしたら」

そばで聞いていて、おお、彼女も成長したものだ、と半ば感心した。

「ご職業はどんなお方がよろしいの」

娘はちらりと私の顔を見た。ひとくせありそうな目だったのでドキンと胸が高なったが、「そこまで考えていません。きちんとした職業の方でしたら」と答えたので、やれやれとホッとした。帰りの電車の中で娘は言った。

「ママ、職業は？　って聞かれたとき、もう少しで医者か弁護士と答えてしまうところだったけど、ママにぶんなぐられないかと思ってやめた」

私もすかさず言った。

「ママもねえ、どんな性格の男がいいのって聞かれたとき、男ならだれでもいいと言ってしまうところだった」

まさか娘は私をぶんなぐらないだろうけれど、似ても似つかないと思っていた母娘でも似たものを持っていたかと思い、血はやっぱり争えないなあなんて思っちゃった。

限界はどこまで

私の実家の母はくれたがり（や）という持病を持っている。新しいものはもちろんのこと腐敗寸前のものでも、迷わずにくれる。「いらない」と言うと、いらない理由をことこまかに告白させる。それでも納得いかないときは、力ずくにでも持ち帰らせる。そうしておいて、あとで必ずと言ってよいほど、電話でおうかがいをたててくる。

「ねえ、さっきあげたあれ食べた」と来る。

「食べた、おいしかったあ」と答えると電話の向こうで間接話法が聞こえてくる。

「ねえ、あれおいしかったってさ、食べてもう四時間たっているから大丈夫よね。うちでも食べようか」なんて声が手にとるようにひびく。

「まだ食べてないわ。これから食べようと思って」など答えると、

「今日あげた魚あれ、あんた食べるのよしなよ。家で食べようと思ったら糸ひいていたよ」

「とんでもないもの人にくれといて何ゆっちょる」とどなりたいところだが、

「あの魚、もしかしたら朝食に納豆食べたからじゃないの」とからかうと、

「なんとなくにおいも悪いよ」と言う。

「冗談も休み休み言ってくれい。そんなに他人にあげたかったら、くれる前に魚にどっけしでも飲ませておいたが安全よ」

と言ってあげた。

＝閑話休題、第六章へ＝

第六章　我、師の影の谷を歩むとも……

思い出の教師像から

私の長いようで短かった学生生活の中で最も古い思い出の教師は、私の幼稚園時代の先生であった。当時は幼稚園に行く子の少なかった中で、どうして私だけ幼稚園へ行かされたかとつらつら思うに、私は子どものころからおしゃべりだったからだ。例えば祖母のもとに近所の人がお茶を飲みに来たりすると、その人の隣へピタリと座り、帰るまで聞き耳をたてていたからである。たまたまお茶菓子に最中のある日などは、来る人来る人、最中の茶菓でもてなす。相手変われど主変わらずの私は、あんこは毒だからと、最中の皮ばかり食べさせられた。「このあんこは捨ててしまいましょうね」と言いながら、茶だんすの中へ大切に納められたところを見ると、夜、遅くなってから、大人があんこだけでお茶を飲んでいたのかもしれない。

私がかたときもそばを離れないでいるので、来る人来る人、「今日は話があって来たのだけれど、またこの次にするわね」と恨めしそうな顔をして帰っていく。おかげで私の祖母は、他人のもめごとを聞かされないですんだ。しかし、気の毒なのは来客である。少しの手土産で、夫の悪口、嫁の悪口、近所のトラブルなどを吐きだしていきたかったのに、二倍の手土産がかかることになる。そんな人たちの入れ知恵で、「澪つくし」でおなじみの銚子市立中央尋常小学校附属幼稚園という長たらしい門札のかかった古びた幼稚園に私は入れられてしまった。

白いエプロンをかけ、迷子札のような赤いひもで吊るした木の札をななめにかけ、バスケットをがたがたいわせながらの登園であった。いまごろはわが家の来客どもが口角泡をとばしながらうわさ話に花を咲かせているのではあるまいかなどと思いながら、クレヨンで絵を描いていた。いつもその絵は太陽の下の家、電灯のついている部屋でお茶を飲んでいる人、そんなものばかりであった。

その幼稚園で初めて担任された教師がT先生であった。年齢はいくつくらいであったのか、いまよりふけた服装をしていたのでさだかではない。いつも紺色の袴《はかま》をはいた、左足の不自由な先生だった。おかけになるとき、子ども用の小さないすをわきにおく、その上に左足をのせていたのをいまでも思い出す。

「ヨーちゃん、お使いに行ってきてね」とよくおっしゃった。お使いに行くのにどうしてお金をくれないのかと思ったら、「あお組の先生のところへ行って、今日は雨が降りそうだから、お帰りのしたく早くしましょう」って。そのとき、靴をはかないで行くお使いってあるのだなあと思った。

私はゆうぎの上手な園児だった。卒園式が間近になったころ、卒園生代表で卒園証書を受け取る代表候補に選ばれた。二、三人の候補の中の一人であった。床に白ぼくで線を引き、この上をまっすぐに歩くように言われた。そのとたん、私はめだかを取りに行った田舎の小川にかけられていた丸木橋を思い出した。線の上を両手を広げ、バランスを取りながら、恐る恐る歩いた。そんな歩き方をしたのは私だけだった。そして、それが原因でみごと失格してしまった。細谷さんという女の子が誇らしげに卒園証書を受け取ったあの日のことは、まだ忘れられない。居並ぶ先生方が私を見ながら、口も八丁足も八丁とはいかなかったあ、なんてささやいていたのではあるまいか。

小学校時代の教師

千葉県で義務教育を受けた私は、なんと四つの学校を転々としてかわった。私は小学校のとき、小学校長をしていた叔父のもとで育ったので、叔父すなわち小学校長が転勤してあるくたびに、私も転校するというなんともおかしな関係であった。いまその時々の先生方の顔を思い浮かべることができるが、当時、千葉県の小学校の先生方はほとんど千葉師範出身であったので、なんとなく共通な性格面を持っていた。まじめで、熱心で、修身の本の中に出てくるような先生たちであった。それでほとんど思い出らしい思い出もないが、ただ小学校六年生の先生はなつかしい先生の一人である。

　六年のときの担任は、大木とも先生という大柄などっしりとした先生だった。その先生がこんなことをおっしゃったことがある。

「何年か前、私の受け持った生徒で『先生が大好き』とくり返していた生徒がいたが、卒業してから一度も手紙をくれなかった。『先生好き』って言わなくてもいいけれど、卒業したら手紙の一つもください」

　その言葉が、その後長らく私の心から離れなかった。そのときはこの先生にだけは手紙を書き続けようと心に誓ったが、卒業後まもなく戦争が激しくなり、私も手紙を出さない一人になってしまった。

　私が大学三年のとき、先生が千葉市にいらっしゃって、数時間をともに過ごしたことがあった。先生はとても喜んでくださって、喫茶店に入って、私のために一皿五個も入っている和菓子をとってくださった。先生は、ご自分の分は五個ペロリと食べてしまったが、もち菓子の嫌いな私は、泣くような思いでかしわもち一個を食べ、四個をみやげにもらった。帰りにやき蛤《はまぐり》を買って、先生におみやげとしてさしあげたことは、いまでもここちよい思い出になった。

　あれから何年過ぎたろうか。まだ千葉の野栄町でお元気で生活していて、教え子はどうして手紙をよこさないのだろうと思いながら縁側で茶でも飲んでいてほしい。教え子にとっては、恩師はいつまでもいつまでも生き続けてほしいものだ。

女学校時代の教師

読者よ、驚くことなかれ。小学校四校を転々とした私は、その余波が収まらず女学校入学後、新制高校を卒業までの六年間、三つの学校に学んだ。こんなことを書くと、いまの学生には理解できないかもしれないが、同じ年代の人々にとっては少しも不思議ではない。

昭和十九年四月、「澪つくし」で一躍有名になったあの三本線に憧れて、千葉県立銚子高等女学校に入学した。当時、この女学校に入れるということは大変な名誉なことで、クラスでも上位の成績の子しか合格できなかった。私の住んでいた横町は、全員がこの女学校に通ってい た。もし不合格の場合は、この横町から引っ越していかなければなど、大人は考えていたらしい。母の父すなわち祖父は、大変教育熱心であった。

私の小学校からは、もう一つ近くに県立松尾高等女学校というのがあったので、銚子高等女学校を受験したのは私一人であった。祖父は受付の日、私の願書と内申書を持って女学校の門の前の木陰に隠れていて、七番目の受付のとき、とびだしていって七番の受験票をもらったとか。合格させたい一心か、ラッキーセブンをねらったのかもしれない。いまの世も徹夜して一番の受験番号をねらう保護者がいるとか。昔も今も人情に変わりはないのだとつくづく思った。

そんなにしてまで入学したこの女学校に、私は一年三ヵ月しかいなかった。昭和二十年七月十九日の銚子大空襲で家を焼かれたからである。その短い一年三ヵ月の間にも忘れられない数人の教師に学んだので、ここに紹介しよう。

まず初めに、国語のO先生のことを書こう。O先生はほっそりとした身軽な先生であった。先生から学んだ国語の教科書の一ページだけも思い出せないが、先生はすばらしいパントマイムの才能を持ちあわせていた。そしてそのパントマイムで当時笑いを失っていた生徒たちを喜ばせてくれた。先生のレパートリーの中に「線香花火」というパントマイムがあった。一本の線香花火が点火され、しばらくくすぶっているがしだいに火花を散らし、クライマックスに達し、やがてしぼんでポトリと落ちる様は、ほんとうの線香花火より味があった。そして、回数を重ねるたびに演技も熟し、実に見事だった。一週間に一度はこの演技にお目にかかれた。生徒を喜ばせるために涙ぐましい努力だったのだろう。この地球上に、線香花火に関しては、あれ以上の演技力のある人は二人といなかったのではなかろうか、といまでも拍手を贈りたい。

さて男の先生にくらべて、同性に対しては手きびしい批評を持ちあう女教師について語ろう。

女学校には必ずミンチン先生のようなおかたい先生が何人かいる。その中のS先生は、裁縫とよんだ家庭科の教師であった。当時、学校の特別教室の配列の中で一番優遇されていたのは裁縫室であり、一番疎外視されていたのは音楽室であった。音楽室は、音が周囲にもれうるさがられるが、裁縫室は静かなものである。線香花火に笑いころがった女生徒たちも、黙って静かに針を運んでいるだけである。ときおり机の間を歩く教師の袴の衣《きぬ》ずれの音と、さあっと床をすって歩くぞうりの音だけがやけに耳につく。よい見本があると、教師はすっと教材を持って教壇に登り、「ちょっとみなさま、こちらをごらんになって。この着物のおくみのつけかたとってもよろしゅうございましょ」とくる。そのたびに生徒たちは手を休め、拍手を送る。そんなあるとき、私の作品を先生が「ちょっとお貸しください」と、教壇に持ってあがった。私もなかなか捨てたものではないと得意になっていると、「さあみなさま、こちらをごらんになって、これを下手の長糸と申します」

それもそのはず、針の穴に糸を通す手間を省くため、糸まきをつけっぱなしで縫っていたのであるから長糸どころではない。これ以上の長糸はないのである。さすがに拍手を送る友人は一人もいなかった。

この日から私は、身ぶるいするほど裁縫が嫌いになった。なるべく針を持たない習慣は、この日から生まれたのだろう。教師の影響力は恐ろしいものだ。教師によって、好きな教科と嫌いな教科が分かれるのは、今も昔も変わっていないということを教師自身も知ってほしい。

さて次に教室の配列で一番嫌われている音楽の授業について語ろう。音楽の先生は、当時二十五歳くらいの眼鏡をかけ、前髪をあげ、ウエストのしまった女教師であった。だれが名づけたのか、その前髪を二〇三高地と呼んだ。いまの塩沢ときさんを知る現代っ子なら、そんなニックネームもつかなかったろう。一挙手一投足が生徒の憧れの的だった。ピアノの個人レッスンを受けていたし、小さいときから音楽が好きだった私は、音楽の授業に期待を持ちすぎていたのがいけなかった。初めての歌唱曲があまりにも衝撃的であったので、いまも歌詞と旋律を覚えている。

空に精鋭、地に精鋭
久しく守れば一徹四方
一機の敵だに　侵すを許さじ

ざっとこんな歌であった。この歌を歌ったとき、ロマンチックな少女であった私は暗い穴の中に超スピードで落ちていくような心地がした。そしてその後がさらにいけなかった。「侵すを許さじ」と歌わせておきながら、直後の聴音練習は、レコードによってＢ29（爆撃機）の高度を聞きわける練習であった。飛行機のエンジンの音を聞き、その飛行機が高度何千メートルを飛んでいるかを聞き分けるのである。この聴音は私にとって少しもプラスにならなかった。Ｂ29、高度三、〇〇〇メートル……グングングンというあの無気味な音を聞くと、決まって心臓が高なり、そのうえトイレに行きたくなった。女学校一年の三月ごろから空襲が激しくなり、銚子市でも三月九日から大空襲があり、そのたびに庭先の暗い防空壕の中でＢ29の爆音を聞きながら生理的現象と戦っていたきっかけでしかなかった。こんな時代を生きてきた私の耳は、すっかり音感が狂い、絶対音などほど遠いものになった。

音楽で思い出したが、大東亜戦争に入ってすぐ、敵国の言葉は使ってはいけないという時代があった。忘れもしない小学校三年の音楽の授業のとき、当時の受け持ちの先生がこんなことをおっしゃった。

「みなさん、今日から三和音はドミソ・ドファラ・シレソではなくて、ハホト・ハヘイ・ロニトと答えてください」

ポンと三和音を弾くたびに私はそくざに手をあげ、「ドミソじゃなくてハホト」「ドファラじゃなくてハヘイ」「シレソじゃなくてロニト」と大きな澄んだ声で答えた。「××じゃなくてっという言葉をはぶきなさい」と注意されたが、一度覚えこんだ私の脳味噌はなかなかすんなりと切り換えることができない。さらに苦手なことは、文部省唱歌の「春の小川」という曲を音名で歌わされたことである。何も私が苦労して歌わなければならない理由はないのだが、私は悪い習性を持っていて、できるかどうかわからないうちに質問されると反射的に手をあげてしまう。「はい、御園さん」勢いよく立ち上がったまではよいが、その後が大変である。「ホトイトホトハハイイトホハニホ、ホトイトホトハハイイトホニホハ……」「春の小川はさらさらゆくよ」どころではない。しかし私は顔色一つ変えない。澄まして次を歌っていった。なぜなら教師自身も、ハニホヘトイロハは不得意だからである。そしてそのうえ悪いことには、私自身も音名で歌うことは嫌いであった。ハニホヘトイロハと発声練習するたびに、変な連想をするからである。「ハ」はハハハハハという笑い声に聞こえ、「ニ」は八重歯を出した悪人の笑い、「ホ」は「ホホホホ」という成金婦人の笑い、「へ」は「へへへへ」と他人をばかにした笑い、「ト」は「トトトト」という杯を受けている酔っぱらいを思い浮かべた。

私にとってやはりドレミファソラシドは最高である。コーリューブンゲンも、コンコーネも階名で歌うようになったのでほんとうに助かった。

高校時代の教師

高校二年のときの先生は旧制四校から京大に学んだユニークな男の先生だった。大柄な体の先生で、体じゅうで話し、体じゅうで笑った。大きいのは体だけではなく、声まで大きい。ホームルームのときの話は楽しい話ばかりであった。先生の家庭は、親子ともそそっかしい性質であったそうな。羽織を着て縁日に行った先生のお父さんは、羽織を脱いだ覚えがないのに帰ってきて気がつくと羽織がなかった。よく考えてみると、植木市を見ながら立ったりしゃがんだりしているうちに羽織がずり落ちて、いつのまにか紛失してしまったとか。その他高校時代の文学青年で女性のような友達が寮に訪れたとき、女性が来たのかとあわてて身繕いをしたりの話をしたり、当時女子高生の憧れの的であった。

大学時代の教授

■独語のM先生

主人も私も教えていただいたM先生というドイツ語の先生について語ろう。

M先生は自信に満ちていた。そして自分の考えを絶対に曲げることがなかった。

当時、私の通っていた千葉大学の一般教養の校舎は、稲毛校舎と西千葉校舎に分かれていた。一、二時限が稲毛校舎、三、四時限が西千葉校舎と離れているときは、一、二時限が終わると女子学生もかばんを小脇にかかえて、十五分ほどかかる稲毛駅目がけて走りだす。電車にとび乗り一駅先の西千葉駅からまた七、八分ある西千葉校舎まで走る。こんな風景はいまの学生には考えられないだろう。先生方は、その間大学さし向けの車に同乗し、西千葉校舎へと向かう。あいにくいまのように交通渋滞がないので実にスムーズで、十分ほどで目的地に着く。暑い日など、今日はドイツ語の授業があると思っただけで人世の悲哀を感じた。

始業のベルがなると、教科書を小脇にかかえたM先生が前方のドアから入ってくると同時に、中に何人学生がいようが中鍵をしめることを忘れない。この先生は、その昔、空き巣に入られて困ったことがあったのかと最初は思ったが、そうでもないらしい。先生より遅くなって来た学生が扉に手をかけてもガッシリと閉ざされたドアは開かない。「開けゴマ！」なんてそんななまやさしいおまじないは効かない。

「先生、ドアが開きません」あわてた学生の声が外から聞こえる。「授業はもう始まっとる。一時間待て」軍隊じこみの大きなダミ声の先生。「電車が遅れたのです。開けてください」と学生は頼む。「電車はぼくが頼んで遅らせたわけではない。そんな言い訳は聞かん。国鉄に責任をとってもらえ」「先生、国鉄ではありません、京成電鉄です。お願いしますよ」と学生もなかなかあきらめない。「ならんと言ったらならん」こんな押し問答の末、足音高く学生は去っていく。こんな押し問答をしている時間があるのなら、ちょっと鍵を開けてあげればいいのに、と小心の私は思ったが、何年か後、青梅線の東中神に住むようになった私は先生がさらに奥地の青梅から千葉大まで通っていらっしゃったことを知り、私なら二重鍵をかけちゃうと、先生のお気持ちが理解できた。

M先生は在職中、一度も学生にカンニングをさせなかったということが誇りの一つであった。六人用の机に一列ずつ空けて着席させ、三人にしそれでも気がすまずに、隣同士の問題を違え、階段教室の最後席で試験の監督をなさっていた。時間が来ると例の軍隊じこみの大声で「やめい」とどなる。学生はみんなびっくりしてペンをおく。最後部の学生が前へ向かって答案を集めていく。ざっとこんな具合である。

「ぼくは不正なことは絶対に許さない。単位は教室でとるのであって、教授室へ頼みに来るものではない」とよくおっしゃった。そんな頑固な先生が一度だけ学生に頭を下げたことがあった。当時有名な独文学の研究者の高橋健二先生が千葉大に講義にいらっしゃった。たぶんM先生が企画なさったのだろう。思ったより学生が集まらなかったらしく、大学の正門にM先生は両手を広げて立って、「諸君、頼む、講演を聴いてから帰ってくれ」と叫んでいた。そのとき、私もUターン組の一人だった。

■英語のF先生

英語の担当にF先生という実に温和なお顔をした三十歳くらいの男の先生がいらっしゃった。先生は、授業中、学生の顔を一度も見たことがない。壁に向かって教えているような先生であった。人間って不思議なもので、あちらからじっと見られるとこちらが目をそらし、先生の視線が壁に向かっていると、こちらから十分観察できる。先生はやさしい目をしていた。先生の授業は午後一時からであった。午前中の授業がないときは十二時半ごろ千葉駅から乗ることにしていた。先生も同じ電車だった。ある日同じ車輌に乗りあわせ、「先生、こんにちは」と言ったら、先生は初めて私に気づき、「どちらに出かけますか」とおっしゃった。びっくりした私は、「先生の英語の授業です」と答えたら、「ぼくの授業ですか。つまらないおよしなさい。今日の個所は単純なところですから、帰ってかまいませんよ」とおっしゃった。私は大変素直な性格であるので「それじゃ先生、お言葉に甘えて失礼します」と言いたかったが、それでなくても不得意な学科、単位があぶないぞ、ともう一人の私が考えた。それから私は、なるべく先生と同じ電車に乗らなくなった。

あのころF先生は講師だったと思う。いまは立派な教授になられ、学生たちに「ぼくの授業、出席しなくても簡単ですよ」なんて言っているかなあ。五十九点切り捨てごめんの大学生の学生諸君、気をつけたほうがよい。

月謝

学生に月謝はつきものである。私は昭和三十年前後に大学で学んだ。当時、月謝は五百円であった。大学卒の地方公務員の初任給は九千八百円であった。現在は初任給は九万四千円であるので当時の月謝はいまに換算すると五千円ほどにあたるのではないだろうか。参考までに書くと、当時、レコードのLP盤は二千四百円であった。それに比べると、五百円の月謝はとても安いと思った。

そこで私は考えた。専門、教養は別として、こんなに安い月謝ですべての一般教養を身につけてしまったら大変申し訳ないので、必要なものは覚え、そうじゃないものは忘れてしまったほうがいい。何から何まで記憶してしまうと頭の中がいっぱいになり、もうだめだという拒絶反応の赤ランプがピカピカと点滅するようになってはかなわない……。

そこで、まず第一に忘れようと思ったものに哲学の講義があった。哲学の先生はまじめな先生だが、実に聞きとりにくい発音をした。終業ベルが鳴ると、さっと教科書を閉ざして立ち上がる。実にすばやい動作である。

「先生、質問があります」と学生が言うと、先生は初めて足を止める。

「先生がいまおっしゃったことについて質問があります」と先ほどの学生がまた言った。

「いや、僕は何も言いません」

「いいえ、たったいま先生がおっしゃいました」

先生は不思議な顔をして学生を見下ろした。

「いや僕ではありません。カントがそう言ったのです」

実に妙な応答であった。カントか、カントには会えないなあ、まあいいさ、わからないことをわからないままにおいておくのも哲学することではないかと、そのとき私は思った。そうしたわけですっかり哲学の講義は返上してきた。

しかしたった一つだけ覚えていることがある。その一つは、ソクラテスのことである。ソクラテスは対話の中に真理を求め、よく人々と話をして歩いた。それで、外出するとなかなか帰らなかったようであった。夜遅くわが家に帰ってくるソクラテスを強妻は水を一杯入れたばけつを持って屋根の上で待っていた。「どこをほっつき歩いてきたか」とばかりガミガミガミとどなりつけ、ザアーッとばけつの水をソクラテスの頭の上からあびせかけたという話である。そのときソクラテスは、「雷鳴のあとに雷雨あり」という真理を発見したとか。

しかしもう現代ではそんな情熱的な主婦はいないので、世の男性どもには、偉大な哲学者は生まれないのだろうか。近ごろの主婦どもは、夫が深夜のご帰宅でもちっとも気になんかしない。「夫は丈夫で留守がいい」なんて言葉どおり、夫が帰ってきても振り向きもしない。するめいかをかじりながらテレビの深夜劇場を見入り、「お帰りなさい」の一言があればいいほうだ。テレビでは甘いラブシーンが静かに映しだされている。そして、いつかそのヒロインに自分自身がなりきっている。亭主など哲学者にならなくても、きちんと月給さえ振りこんでもらえたら大満足ですと、あのときの女子学牛は思った。

法学

文科系一般教養の一科目に法学の講義があった。法学を学んでおけば、将来、離婚するときに役立つのではないか、そんな下心があって選んだのか、必修科目であったのかどうか、もう忘れてしまった。しかしこの法学は最も楽しい講義の一つであった。先生はM先生と記憶している。大変ユニークな先生で講義を聞いているだけで楽しかった。大岡越前の話をするときは、先生は大岡越前守になりきっておられた。

　この先生には一つの悩みがあった。それは、この先生の講義と全く同じ時間に、隣室でも他の先生の法学の講義があったのである。当時の時間割では、受講する学生が自由に選択することができた。したがって、どうしても魅力ある講義のほうに学生が集中しがちであった。第一回目の講義の日に、二つの講義室の学生の数はあまりにもアンバランスであった。こちらの教室には座席がなく立っている学生が五十人もいるというのに、あちらの教室ではポツンポツンとしか学生が座っていない状態だった。M先生は、土下座せんばかりに「学生諸君、どうぞ心豊かな思いやりのある学生は、隣室の法学に替わってほしい」と哀願した。しかしだれも移動していく学生はいなかった。先生はさらに申し訳なさそうにおっしゃった。「ここにある受講カードをひいて、その中に入っている学生は隣室へ行ってもらいたい。すまない」すまないという一言がやけに寂しく響いた。名前を呼ぶたびに一人、二人と学生が立ち上がって去っていった。心なしか後ろ姿が寂しかった。見送る先生も、寂しそうだった。居残った私は、集中排除法、集中排除法と、お題目のように心の中でとなえた。

＝閑話休題、第七章へ続く＝

第七章　明日またね

私に同意して

私の住んでいる近所にとてもすてきなおばちゃんがいます。彼女と話をしていると、心が安らぎます。カトリックの信者で、愛をたくさん持った女性です。人間に愛を与えるだけでなく、すべての生物に愛を与えます。長年飼っている猫からいつの間にか、戸袋のすき間に巣を作った小鳥たちまで、私はひまがあると、よくそこを訪問します。そんなある日のこと、いともやさしいイントネーションで水がめに向かって「みどりちゃん、みどりちゃん」と呼んでいました。

「みどりちゃんてだれ？」と聞いたら、

「みどりちゃんってね、そこの水がめの中にいる亀さんよ。みどり亀だから、みどりちゃんっていうのよ。私が『みどりちゃん』と呼ぶと水の中から頭をもたげ私を見るのよ。ほうら、かわいいでしょう」

二人で水がめをのぞいたら、私を無視して、その飼い主のほうに頭を向けた。

「あら、目が合っちゃった。平田さん、かわいいでしょう」

私はすまして一言、「ううん、ちっともかわいくない」。

彼女は寂しそうな目で私を見た。そんな日から一年たちました。私が訪問したとき、彼女は目を真っ赤に泣きはらして、廊下に座っていました。

「ねえ、平田さん、みどりちゃん死んじゃったのよ。亀は万年生きるというのにどうしてかしら」

あまりの嘆きように慰めの言葉もなく、

「おばちゃん。みどりちゃんは、きのうで万年目だったのよ」

慰めの言葉になったかしら。彼女はギターを持ちだして「いつくしみ深き友なるイエスは」と讃美歌を泣きながら歌った。

銀行も大変

先月、まとまった金額を送金しようと窓口に行ったら、行員さんが申し訳なさそうに「お客様、まとまったお金をおろすことはできないのです。いま警察官をお呼びしますから、少々お待ちください」ですって。そこで私は言いました。

「自分のお金を自分がおろすのに何が悪いの？　送金先の会社まで疑っているの、どちらかというと、詐欺はしても絶対に詐欺には遭わないよ」

行員さんは困った顔で「いま、店長に相談してきます」と席を立っていった。

「それでは特別」と許可が出た。店長室の話し声が聞こえてくるようだった。「変なことを言うお客なのです」、店長は「それはてごわい客だなあ。そんなのにいつまでかかわっていても、時間の無駄だ。今回は例外として早く帰ってもらいなさい」ですって。こんなに待たせるより受付に〝うそ発見機〟でも置いといたほうがよいと思った。

詐欺

早朝、テレビをつけると、「みなさま、詐欺に注意してください」の放送が流れる。ある日、わが家にも電話が鳴った。

「平田さん、あなたに払い過ぎた税金をお返ししますので、通帳の店番と個人番号を教えてください。もしわからなかったらキャッシュカードの暗証番号でもいいですよ」

「何、その店番やら個人番号って？」

「おばあちゃんなんにも知らないんだねえ」

「そうよ。私は忘れっぽくて、朝ごはん食べたかどうか、いま思い出しているところよ。そんな私を心配して、私の息子がね、『おばあちゃん、詐欺に遭うといけないから通帳を預かっていくよ』と持っていってしまった。そうだ、息子の勤務先に直接電話すればいい」

「息子さんの勤務先はどこだ？」

「○○警察署の防犯課にいるから」

そこで電話が切れた。とたんに玄関のベルが鳴った。自営業の孝行息子が「たまには母さんのおふくろの味が恋しくなったよ」ととびこんできた。

「まあ、よく今日のごちそうがわかったね。おまえも詐欺の一種かい」

息子は考えた。

「よく減らず口をたたくばあさんだな。詐欺をしそうだけど、これじゃ詐欺に遭うまい。毎月、年金を届けに来るのは面倒くさいから、そろそろ通帳を返そうか」

今様結婚式

今は独身の男性、女性が増えてきたので結婚式場の数が減ると思っていたら、なかなかそうではない。現在は離婚の数が多く、一人が一回の結婚式で済むとは限らない。多い人になると三回も挙式する人もいる。華やかなホテルの式場には金髪のジェニーのような花嫁のお色なしのドレス、江戸時代を思わせるような古典的な和装、おすべらかし、千差万別である。大体新郎新婦は一段と高いメインテーブルに座っているが末席に白無垢《しろむく》の打ち掛けを着た女性が座っていた。遠くて年齢まではよくわからないがなんとなく異様であった。隣で料理に舌づつみを打っている友人に、「あの女性はだれなの？」と聞くと、「あの女性は新郎のお母さんよ」と言った。昔は花嫁が白無垢を着て、結婚したからには、嫁いだ家の色に染まりますという意味を持っていたそうな。いまは「老いては子に従え」。老夫婦があなたたちの色に染まりますって。ここで夢から醒めました。だんだん眠りから醒めてきた頭の中に〝こんな世の中でいいかしら？〟

正しいことも遠慮して教えられない姑がほんとうにいい姑なのかしら。家の伝統を毅然とした態度で若者に伝えていってこそ、家族のつながりを深めていけるのではないかしらと思うのは私だけかしら？

「む」という字

わが幼稚園の年長さんは、一週間に一度水曜日に硬筆指導があります。同じ指導者が十八年にわたり続けています。園児たちは小学校に上がる前にひらがながとても上手になります。ある日指導者が園長室に来て嘆きました。

「園長先生、むという字はいくら指導しても、形がむずかしくて、うまく書けません」

『それはそうでしょう。「むずかしい」の「む」だから。それを一生懸命指導しても「無理《むり》」の「む」よ。そんなに指導しても無駄の「む」よ。私だったら「し」の字を書いてまん中に横棒を一本引き、さいごに「し」の字の真ん中にまるを書き、てんはおまけにつければいい」

指導者は感心してうなずいた。

私が子どものころ、小学校に入ってすぐは、カタカナ、それからひらがな、それをやっと覚えたころ、漢字の出現の順でした。世界中で何がむずかしいか、それは日本語。口語体、文語体、敬語、等をマスターしている日本人ほど偉い人種はない。いま、小学校でも英語が推奨されるが横文字で続けて書けばよいだけである。私のおばあちゃんはおもしろい人で、横文字とかけてなんと解く。姑の心と解く。心は嫁憎し。(読みにくい)という。よほど昔の嫁は姑に苦労したことでしょう。カタカナはどうして重要視されないのだろうか。それなのになぜいまも名前のルビはカタカナなのでしょうか。理解に苦しむ昨今です。

学歴

「お宅のお嬢様、どちらの大学をご卒業ですか。宅の息子は有名大学の大学院です」

そんな自慢を聞くたびに、学歴不要論者である私は「なんでえ、そんな学歴なんて、なんてことないよ」と心の中で思います。学歴を必要とするのは、入社試験、結婚の身上書までです。長い人生に比較すると瞬間的なものです。

私が適齢期のころ、生意気だったせいかブスだったせいか、なかなか縁談がまとまりませんでした。その理由は「お宅のお嬢様は四大だけどわが家の息子は専門学校三年卒です」学歴が不釣り合いだという理由からでした。私は都合のよい断り方だなあ。あの娘は三年で卒業できるのに留年して四年になっちゃったのだと思えばよい。人間考え方一つである。

就職あるいは結婚してしまえば学歴などなんてことはない。それを証明してくれるのは老人ホーム入居のとき、まず第一に聞かれるのは、学歴ではなく預金高である。そのころになると入居者も「私はだれでしょう?」と思うようになるから心配ない。なまはんか記憶力がよくて「私は四大出だぞ」なんて言う人がいると、老人ホームの職員に嫌われるのが常である。義務教育で上等です。

スマホを持ちました

「ガラケーで上等よ」と言っていた私がいつの日かスマホに換えました。手当たり次第に友人に電話して「メル友になろうよ」と懇願しました。「スマホはいらない」と言っていた主人までスマホに換えました。ちょっぴり知識が上に行っている私に「ねえ、ここどうやるの？」と聞きます。親しいメルトモに「ああ、やっぱり失敗した。教えるのが面倒くさい。愛がさめたのかなあ」。すぐに返事が来ました。「愛は永遠なり」いつまでも彼女は愛があるのだろうか。風の中の羽根のようにいつも変わる女心……女心変わるよとメールしました。

その後、彼女は「今日は主人と熱海に行きました。今日は不忍池《しのばずのいけ》を散歩し、このようなランチを食べました」と写真入りでメールを送ってきます。〝いつまでも愛のさめない夫婦もいるものだ〟と感心しました。

エール

いま、ＮＨＫ朝の連続テレビドラマのテーマである「エール」を見ていると、戦争経験のある私にとって身につまされる思いです。「エール」とは古関裕而さんのモデル小説です。戦時中軍隊の意気高揚のために作られた曲、終戦後、自分の曲のために多くの若者を戦場に送り、帰らぬ人になったことの後悔が痛いほど身につまされます。

「海ゆかば」の作曲者、信時潔さんももう二度と作曲をしないと言っていたそうです。古関裕而さん作曲の「鐘の鳴る丘」「長崎の鐘」などユーチューブで聴くことができます。藤山一郎さんの歌声を聴く度に〝なんてすばらしいお声だろう〟と感心します。ふと学生時代を思い出しました。藤山一郎さんと東京音楽学校（現在の東京藝大）で同級生だった私の先生がよく学生に話していました。

「ねえ、皆さん、先生の初恋の人は藤山一郎さんなのよ」

その度に嫉妬を感じた私たちは、小さな声で「うそよ。片想いよ」と話しあった日も遠い遠い青春の思い出になりました。

興味津々

子どもは大人では考えられないような興味を持つものです。ある日、公園を散歩していたら一人の男の子（五歳ぐらい）が近寄ってきて親しげに話しかけてきました。

「ねえ、あんた、おばさんか、それともおばあさんか」

「え？　どっちだと思う」と聞いたら、

「おばあさんかな？」

私は「どっちでもないよ。おねえさんだよ」

男の子は「変だなあ。おばあさんみたいなおねえさんだなあ」すかさず「おまえだっておっさんみたいな子どもだなあ」と言い返そうと思ったが母親のもとにとんでいって、男の子が「おかあさん、おばあちゃんみたいなおねえさんがぼくのことおっさんみたいな子どもだなあ」と告げ口をされるのを怖れて「あら、そう見える？」と一言言った。

またある日、私より若い友人と公園を散歩していたら、鹿のおりの前にいた女の子が、お父さんに話しかけていました。

「おとうさん、あそこを歩いている人たち、両方ともおばあちゃんかなあ」と聞きました。それを聞いた私は「両方ともお姉ちゃんよ」と言おうと思ったとたんに、お父さんが唇に手を当てて、「しっ！」と言いました。私たちが去ったあと父親は娘に「だいぶ年寄りだったな。後期高齢者だろう」と言ったのではないか。私が子どものころは、今日のおやつはなんだろうくらいしか考えがまわらなかったのに。

結論から

秋の一日、〝ちょっと暇だな〟と思ったとき、電話のベルが鳴った。やさしい女性の声で

「一分間アンケートにご協力ください」どこかの公共機関がアンケートをとっているのかと思った。すぐに音声で質問された。

「お宅は一軒家ですか。一軒家ならダイヤルの1を押してください。その製品（○○）がありましたら、続いて1を押してください。その製品は何年前の購入ですか。五年未満でしたら1を、五年から十年未満でしたら2を十年以上でしたら3を、最後に女性でしたら1を、男性でしたら2を押してください。ご協力ありがとうございました。後ほどセールスの社員がうかがわせていただきます」

なんでー。○○商品の販売に協力してしまった。どうして結論から言わないんだ。怒りが湧きでてきた。受話器に向かって〝結論から言え。結論から〟と叫んでしまった。いつも私に話しかけてくる人に結論からと言っている私なのに……「ねえ私の子ども、自転車にぶつかったのよ」、驚いて心臓が止まりそうになっている私に、「でもね、かすり傷で大したことはなかった」「なんで、結論から先に言え」という私なのに。

いま、願うこと

明治生まれの私の母は歌が好きで、将来は歌手になろうと思っていたそうです。私は小さいころから、即ちもの心ついたときから子守り唄代わりに青春歌謡を聞かされて育ちました。いままたユーチューブで子どもの時代の唄を聞くことができます。昔の作詞家の歌詞を聞いていると、いろいろ教えられ感動することが多いです。藤山一郎さんが「男の純情」を澄んだ声で歌っている「男いのちの純情は……」の続きに「金もいらなきゃ名もいらぬ」とある。なんでこんなに昔の男は純情だったのでしょう。いまは「金も欲しけりゃ、名も欲しい」という人間であふれている。私はどちらかというと、お金に執着しない人間の一人です。困ったことに預金に対する執着はありません。それなのに友人たちには「私は金持ちだから心配しないで」と言う。

友人たちは、必ず「預金はいくら？」と聞く。

「預金はなくてもお金を使って社会に貢献している人は金持ちよ」

「貯金ばかりしてお金を使えない人は貧乏人よ」

と胸をはって言う。青春歌謡ではないが、「金は欲しいが、名はいらぬ」「金はいらねど（なくて）も、名は欲しい」特に政治家の人たちにお願いしたいと友人とぼりぼりせんべいを食べながら語りました。欲はほどほどに。

さくらオーディトリアム

「さくらオーディトリアム」とは、観客席七十余名、私の小さなコンサートホールです。このホール建設の発想は村上春樹さんにあこがれて来日したパスカル・ハリスさんというニュージーランドのピアニスト（当時三十歳）です。彼は息子の友人で、日本に知人が少ないので母親の私に生活を支えてほしいとの依頼からです。下手な私のピアノの個人レッスン、それだけでは生活が大変なので、私が園長をしている〝あけの星幼稚園〟に週一回英語の講師をしていただきました。その都度、最後の十分ほどは、ピアノを演奏して聴かせます。彼はシューベルトの作品が得意で、弾き終わると、かたことで「ドウデシタカ」。園児たちはいっせいに「速すぎ」と答えます。その度に落胆している彼、「豚に真珠」ではなく、「お子様にシューベルト」だなあと思いました。

個人レッスンは私の家のビルの二階で、ある日、何か欲しいものはないか、と聞きましたら、「このピアノ、どうやって二階に入れた」「窓枠をはずして、クレーン車でつり上げて入れた」「必ずあげるから」彼は考えました。「平田さんのお母さんはいくつで死んだ?」「私の母はしぶとく生きてもうすぐ百歳になる三日前よ」。それを聞いた彼の脳裡《のうり》に遺伝という言葉を思い出したのか、もう二度と言わなくなりました。

　演奏会を開きたく、彼と私（日本のお母さん）で会場を借りに歩きましたが、なかなか適当な場所がありませんでした。例によって私の妄想が頭をもたげ、「あなたにコンサートホールを建ててあげる」と。

　ちょうど自宅の隣地を購入することができました。ご縁があって環境スペースという名のホール専門の会社に建設していただきました。もう五年前になります。ここで彼は何度か演奏会を持ちました。いまはコロナの関係で来日できないことは残念です。

　このホールをお気に召してくださった国立音楽大学の名誉教授（ＮＰＯ法人昭島芸術文化団体メロディーの和理事長）石井亨先生の会がすばらしい演奏会を定期的に持たれています。二階席でゆったりと聴かせていただける主人と私の至福のときです。「夢よもう一度」はて、昔こんな題の映画がありました。いまはコロナで自粛していますが、来年桜の咲くころまた、このホールから美しい音の調べが流れてくる日を願っています。

　〝コロナよさようなら〟〝演奏会よ、こんにちは〟私もたまにはまともな脳を持ちあわせています。

印鑑不要論は不要

時代が変われば変わるもの。印鑑が要らないという大臣が出てきた。その理由はどうしてだろう。外国人が来日して帰国の前におみやげに何が欲しいかと聞くと、「印鑑がよい」と言う。印鑑は日本の伝統であり文化である。外国ではないからとのこと。私が仲人をしたとき、新郎の父がはんこ屋で何本かお礼だと言って作ってくださった。その象牙の印鑑が歳がたつのに従って飴色になり、四十年もたったいまも、金庫の中に入っている。子どもが生まれたとき、一本ずつ名前だけの印鑑を作り、結婚をするときに、貯金通帳と一緒に持たせてあげたいとの親心から製作を頼んだ昔を思い出した。

嫁ぐ日に、この印鑑を持たせたら印鑑より通帳の預金高に興味を持ち、「なんでぇ」と思ったらしく印鑑には興味を持たなかった。それでも、親は満足した。印鑑は私にとって懐かしい思い出である。私は印鑑賛成者である。印鑑をなくさないで。と、願う。

サングラスにマスク

若いときには、まあ普通だった私の顔は歳をとるにつれて、いろいろ複雑に変化してくる。

「私ねえ、いまこんなにきれいだけど、若いころは醜かったのよ」と言う人は一人もいない。

「ママだって、若いときはきれいでもてたのよ。いまはこうなっちゃって」

スマホを見ていた娘は私には関係ないとばかりに知らぬ振り。

「ねえ、いつかあなたもこうなるのよ」はじめて驚いた顔で私を見た。昔から〝マスク美人〟という言葉があった。コロナ禍の現在、最初はうっとうしく感じたマスクも顔の一部になった。慣れとは恐ろしいことだ。

「ねえ、死んでもマスクをしているのかしら?」友人は言った。

「私、まだ死んでないからわからない。あなたが先に死んだら、私に教えて」

言ったほうも聞いたほうもなんて憎らしいこと、と思った。サングラスとマスク、そして帽子、いつまでもこんなことが続いたら、化粧品の売れ行きはどうなってしまうだろう。

嫌われていた幼児期

思い出すと、私はなんて生意気な子どもだったのでしょう。探究心が旺盛で〝なぜ、なぜ〟という質問が多かった。納得するまで聞かなければ気がすまない可愛げのない子どもだった歌の好きな私は、よく大人の歌に耳を傾けた。

「お母ちゃん、隣のお姉ちゃんがね、胸の痛みに堪えかねてとよく歌っているけど、あのお姉ちゃんどうして胸が痛いんだろうね。肺病かな」

当時、結核が国民病だった。『肺病、肺病』とおそれられていた。

母は「胸の痛みってねえ、恋の痛みのことをいうのよ」よけいわからなくなった。「ねえ、恋って、お池の鯉のこと？」よけい理解できなかった。

年ごろになって胸の痛みとは『湖畔の宿』の一節だったということを知った。ちょうどそのころ、終戦後の食糧のない時代だった。私は友達に、

「ねえ。胸の痛みに堪えかねてって歌詞は湖畔の宿の一節だってさ」

友達は言った。「胸が痛くても湖畔の宿になんか行きたくないねえ。湖畔の宿よりご飯の宿に行ってみたいねえ」

「私も賛成」

そんな時代を知らない若者に、「ひもじい」ってどんなことか、教えてあげたい。近ごろの恋は〝胸の痛みに堪えかねて〟なんていう若者はいない。発想の転換が速い。いまの詩人は情緒のない時代に苦しんでいるのではないか。

街の教育家

せまい空間の中にいると見知らぬ男性でも、不思議に共通する話題が生じる。なんて書くと、彼と私はただならぬ関係であると思う人がいるかもしれないが、そうではない。以下はタクシーの運転手さんとの会話である。

「お客さん、このごろの母親はどうなっちゃってんの、こんなことがあったんだよ」

ある日、男の子と母親の二人連れがタクシーに乗ってきた。その五歳ぐらいの男の子が後部座席で跳びはねたりしてはしゃいでいた。母親は全然注意する様子がなかった。たまりかねた僕が「静かにしなさい」と注意したら、母親が初めて口を開いた。

「ほら、運転手さんに怒られるから静かにしなさい」

そんな注意の仕方ってありますか。怒りが頂点に達したとき、その子がなんと言ったと思いますか。

「そんなの関係ない。そんなの関係ない。オパッピィー」と言った。

「ほんとうにこれからの日本、どうなっちゃうんだろうねえ」

それを聞いた私は「運転手さんは街の教育者だから、そんなことを嘆いていないで頑張りなさい。注意しなくてはいけないことはパシッと言ってあげるか、割り増し料金をとるか、どちらかにしなさい」と言った。

マスクアラカルト

「眼鏡は顔の一部です」昔のコマーシャルにこんな言葉がありました。それから何年後コロナウイルス流行の現在、「マスクは顔の一部です」そんなコマーシャルが聞こえてくるようです。

行き交う人々がみんなマスクを着用しています。最初は白一色から、半年もたったこのごろは色とりどりのマスクを着用している人たち、まるでオペラ座の怪人のようです。

永く付きあっている友人でもわからずすれちがってしまいます。まして初対面の方などはとくにわかりにくいです。マスクをつけた訪問者で美人を見ると、額や目がきれいな女性はマスクの内はどうなのかと興味津々。「北風と太陽」を思い出し、どうしたらマスクの中を拝見できるかと、無い智恵をしぼります。「そうだ。お茶をすすめてみることにしよう」と。

「どうぞ」「どうぞ」「お茶ぐらい召し上がれ」と言うと、「それでは」とマスクを取ります。そこで顔全体を見ることができて、私の記憶の中に残ります。マスクに隠れている顔の下半分が美しいと、嫉妬を感じ、顔の上半分が美しいと、満足するのは私ひとりでしょうか。

街中のポスター

また新しい歯医者がどこかで開業したのだろうか。そろいもそろってよくもこんなにたくさんのポスターが行儀よく貼られたものだと感心して眺めた。矯正歯科が専門か、総義歯が専門かと思われるほど、どのポスターも歯を出して微笑している。目や鼻が笑っていなくても歯を出していると口だけが笑っているように見えるから不思議である。よくよく見たら何のことはない。選挙の立候補者の顔写真である。

よくこの時期にこの人たちは微笑していられるものだと感心する。この世の中がそんなに楽しいものであるのかと質問してみたくなる。たまには怒っている顔のポスターがあってもよさそうなものである。

「私はいまの政治を憂い、怒っています。そういう私を市議会に送ってください」

そんな気骨のある政治家はいないものだろうか。それにしても、歯並びが美しいだけではなく、顔全体が修正されて、美男美女になっている。あんな美男子に会ってみたいと立会演説場に行ってみると、なかなかポスターの本人が出てこない。そのうち演説していた人が「本日は皆様ほんとうにご苦労様でした」と言われた。見知らぬ隣人に「本日は本人は風邪でもひいて後援会の人だけのお話ですか」と聞いてみたら、さも軽蔑したような声で、「あなた、何を聞いていたのですか。さっき政見発表をした人が本人ですよ」と来る。「はあ」と驚いている私を置いて皆帰っていった。

〝世の中の人って素直でいいなあ〟と思った。私もいつか偉くなってポスターになったら、総入れ歯をにょっきり出し、しわを消してもらい、下ぶくれをけずり、うりざね顔にしてもらいたいなんてかすかな希望を抱いた。

頭のよい子

幼稚園の年長児になると、集中力があり、周囲の会話を一言も聞きもらすまいとする子どもがいます。わが園の職員会議はいつも決まって四時に開始されます。その時間にお残りのお子様が何人かいます。教師だけの打ち合わせで外部に知られたくないときは教師間の暗号を使います。私がその子どものほうを見るとすかさず五四三二一の指づかいで特定の教師から暗号が送られます。五本指を出したときは〝大いに注意すべし〟、四本指は〝やや注意が必要〟、三本指は〝大丈夫〟、二本指は〝気にしなくてよい〟、一本指は全く〝心配なし〟の五段階評価です。絶対評価なので小学校の通知票より正確です。いろいろ無い知恵の無駄遣いもたまにはよいものです。

お歳はいくつ

わが幼稚園になんでも知りたがる頭のよい男の子がいます。ある日私のところに来て、「園長先生、お歳はいくつ？」と聞きました。「女性には歳を聞かないの」と言うと、彼が言いました。

「園長先生、ぼくのお母さんはね、ほんとうは三十六だけれども、だれに聞かれても三十三と言うんだよ」

それを聞いた園長である私は、死んでもこの子だけには年齢を教えないようにしようと固く心に誓いました。

結婚の誓い

基本的に教会式で牧師（神父）が話す誓いの言葉は次のようになっています。「新郎〇〇（新婦〇〇）あなたは〇〇を妻（夫）とし、すこやかなるときも、病めるときも、喜びのときも、悲しみのときも、富めるときも、貧しいときも、妻を愛し、敬い、慰めあい、共に助けあい、その命のある限り、真心を尽くすことを誓いますか」という誓約文があります。昔も今も変わりませんが、時代の流れに沿って付け足していただきたい一文があります。そのことを友人である信仰深い男性に言いました。

「一文てなあに？」と聞かれました。

「もう一文とは、定年になっても決して粗末にしません。というのはどうでしょう。世の妻たちは倦怠期まっ只中に定年になった夫を粗末にする女性がいるから」

それに対して彼は言いました。

「女は執念深いので仇討ちのために、定年を楽しみにしている人もいるんだよ」と言いました。

読者の皆様、どちらに票を入れますか。

正直なご主人様

私の親しくしている友人に、すてきなご主人様がいらっしゃいます。私が電話すると、必ず電話口に出て、しびれるようなお声で「少々お待ちください」と奥様を呼びだしてくださいます。その素敵な声を聞きたくて、彼女の携帯電話ではなく家の電話にかけます。

「あなたのご主人って素敵ね。あのバリトンの声に酔っちゃうわ」

「でもね、うちの主人ったら素直で困るときがあるのよ」

「どうして？　素直はよいことでしょう。そういう男性は正直で好きよ。どういうときに困るの？」と聞きました。

あるとき奥様の電話を引き継いだご主人様が、「ねえ君、〇〇さんから電話だよ」と告げました。奥様は「あら、嫌だ、あの人あんまり好きじゃないのね。ほんとうは出たくない」と小声で言ったところ、ご主人が相手に「あまり好きじゃないから、出たくないそうです」と伝えてしまいました。

「それでどうしたの？」と聞いたら、それっきり電話が来なくなったそうです。その話を聞いた私はそのくらい、私も素直になりたいと思いました。

要領のよい妻

子育てを終えた女性が何人か集まったときの会話。

「ねえ、うちの亭主ったら、会社を辞めてからどこにも出かけないで家にいるでしょ。テレビを見たり、新聞を読んだりして、てこでも動かないで、『おい、お茶。そろそろ昼めしではないか』そのくらいしか思考できないのかしら？」

隣にいた女性が、

「あら、あなたのご主人はお元気だからいいわ。うちの亭主なんか、持病のぜんそくが出て、こたつの中でゴホン、ゴホンと咳ばかりしてるのよ。そのほうが嫌でしょ」

そばで聞いていた私は言いました。

「いままで一生懸命働いてくださったのだから親切にしてあげてね」

「もちろんやさしくしているわよ。静かに背中をなでてあげるの」

「へえ、あなたもいいところあるじゃない」

と感心している私。彼女はさらに話を続けました。

「その背中に、この人年金って紙に書いて貼っておくのよ」

今日も彼女はやさしく背中をさすっているのだろうか。

婚約

ある田舎の友人の息子が婚約した。息子が言った。

「お母さん、彼女ねえ、僕よりお母さんのほうが好きだから、婚約したんだって」

母親は、有頂天になった。それであまり望まない同居を許可したと話した。

「へえ、驚いたねえ。お姑さんは嫌だけど、本人がいいからがまんして結婚したという話は聞いたけれど、これどうなっちゃってんの。あんたのところねえ、うそつきは母親だけだと思っていたのに遺伝をひいて息子がうそつきなんだ。そのうえ嫁さんになる人、もっとうそつきだねえ」

と私は言った。友人は鎌をかついで稲かりに遠いたんぼに行きました。かまきり一家の物語です。

そりゃむずかしいわなあ

わが幼稚園は、公園に隣接し、環境のよいところにある。公園側に二つの物置があり側面に園児が花の絵を描き、可愛い物置で、通る人の目をひく。しかしこの可愛い物置も雨が降ると、中の荷物が雨漏りでびっしょりになる。なぜですかって。そうなんです。原因は公園に遊びに来た中学生が、桜の花の咲くころ、物置の屋根に乗って、すぐそばに植えてある桜の枝を折ったりするからです。先日など屋根のトタンの上でトランポリンのようにはねていました。トタン板が「いてて、いてて」と音を出すのに一向に知らんぷりです。

とうとう新しい物置を買うことにしたのです。上らないようにフェンスを高くしようかなどといろいろ考えたあげく、「屋根の上に上らないでください」と板に書いて貼っておこうかという結論に達しました。しかし、いまの中学生は全部ではないけれど「上るな」と言えば、「上ってみよう」と思う性格の人もいるから、いっそのこと「物置の屋根に上ってもよろしい」と書いておいたほうが、警戒心が出て上らないかなあとも思い、田舎のもの知りおじさんに聞いたら、

「こりゃむずかしいわなあ、どっちがいいものだか、十人十色だからなあ」

と言った。いまの中学生の読解力はどこまででしょうねえ。

新型にとびついたのは過去

世の中には新しい物が好きな人がいます。私もその中の一人。テレビのコマーシャルに新型掃除機、新型洗濯機、新型無水鍋等数えたらきりがありません。物だけではなく、新の付く字は新郎新婦、新鮮、新緑等々。

二〇二〇年になってからやたらに新型ウイルスという言葉が世の中を闊歩しています。テレビをつける度に新型ウイルス、新型ウイルス……。「新」という字が嫌いになりました。乏しい脳が活発に働き、〝新しいだけがえばるんではない〟畳も女房も古いほうがいいんだぞ。古

畳なら汚しても惜しくないし、古女房なら気を遣わないですむと高齢の私は考えるこのごろです。お風呂場では古い洗濯機がそのとおりと言わんばかりに〝キィコキィコ〟と音を奏でています。

幼なじみ

千葉生まれの私は昭島に嫁いでから幼なじみの友達とは疎遠になり、思い出の中にだけ生きています。園長になる前は歯科医院の窓口で受付をしていました。ある日のことです。

一人の母親が小学校六年生ぐらいの男の子と来院しました。何か懐かしい気持ちになり、「もしかしたら、あなた幸枝さん？」と聞きました。幸枝さんとは小学校六年生のときのお友達です。何十年ぶりかの再会で、以後ずっと仲よく交際しています。二人とも八十を過ぎました。

先日彼女の家を訪れたとき、「平田さん、あのとき、私のことをどうしてわかったの？」と聞かれました。

「あなたは小学校のときからいじわるそうな目をしていたからよ」と答えました。

「もっとほかの表現がないの？　よく言うわね」と腹立たしげに言い返されました。

お茶をいただいて帰りに玄関の外に出たとたんに道路をスピードをあげて通った車がありました。

「ああ、驚いた。もう少しで轢《ひ》き殺されるところだった」と言ったら、彼女はすかさず、「轢き殺されてもいいけど、うちの前だけはだめよ。縁起が悪いからもっと遠くで轢かれてね」と言った。幼なじみはいいものだ。「その手には乗らないよ」とつぶやきながら家路についた。

ある日の礼拝

園長である私の楽しみの一つに子どもたちの前で神様のお話をすることがあります。ある日の礼拝に神様の存在を自信を持ってお話をしました。

「みなさま、神様を見た人がいますか」

子どもたちの「見たことはないけれど神様っているんだよね」という素直な答えにすっかり満足した私は、

「そうよね。見えなくてもあるものはなんでしょう。たとえば空気は見えなくても、なかったら大変ね。息ができなくなるわね。お外を見てごらんなさい。桜の葉っぱがあんなに揺れてるのはなんでしょう」

「先生、あれは風さんだよ」

それから見えない存在について話しました。例えば「電波、電磁波、お母様の愛の心」など話して聞かせました。それを聞いていた年長の男の子が、

「ぼく、もっと知ってるよ」

「えらいわね。それはなあに」

「コロナウイルスだって見えないよ。コロナウイルスは新型だぜ」

聞いていた子どもたちは深くうなずきました。一人ひとりの顔を見ていると、マスクからはみだしたつぶらな瞳が、「なんだ、園長先生よりよく知っているじゃないか」と言っているようでした。

「今日はこれで礼拝は終わりです」と早々にひきあげてきた私でした。

音声

〝夫婦水いらず〟という言葉がありますが、文明の世の中、二人しかいない家庭でもストレスが多い。

「あなた、お風呂に入ってください」

夫が言った。

「いま、テレビドラマを見ているので、あと十分待ってほしい」

またか、と思ったとたんに、風呂場から美しくやさしい女性の声が聞こえてきた。

「お風呂が沸きました」

とたんに夫は立ち上がり「はあい、すぐ入ります」ご機嫌な声が聞こえた。

煮物をしているとき、新聞を読んでいる夫に「ねえ、お鍋がこげないか、ちょっと様子を見て」と言ったら、聞こえないふりをしていた。そのとき、美しい女性の声がまたまた聞こえた。ガスの火が大きくなっています。途端に夫は立ち上がり、ガスの火を消しに行った。長年連れ添った女房は昨年買ったガスレンジの音声に負けた。こんなくやしい思いは私だけでしょうか。

またあるときこんなことがあった。友人の男性と高速道路を走っていたとき、女性の声が聞こえた。後部座席を振り返っても人影がない。またしてもやさしいイントネーションで、

「もう一時間運転したので、そろそろドライヴインでお茶などいかがですか」

そこで声が途切れた。

「そこまで言うのならもう少し長く話してほしい。コーヒーのお代は、男性が払ってください」

心の中でつぶやいた。

家族はいいなあ

家族・ファミリー、なんて温かな響きなのでしょう。「野原っていいなあ、楽しくっていいなあー」こんな歌詞から思いつきました。

「家族っていいなあ。あたたかくていいなあ」

とメロディをつけて歌います。特に長年親子をしていると、他人にはわからない共通の理解があるから不思議です。その中の一つのこんな会話をご紹介しましょう。

仕事に行く娘と家にいる母親との会話、

「ねえ、今夜は何時ごろ帰宅?」

靴をはきながら娘が言いました。

「遅い夕方、早い夜」

「OK」

と母である私が言いました。

「今夜は七時半から八時の間でしょう」と聞こうと思ったらもう姿が見えませんでした。彼女が毎月入れている食費の三万円をはかりにかけました。冷ややっこ、ウインナーソーセージ、なすの油いためにに卵焼き、こんなところでどうでしょう。私の貧しい脳みそはこのくらいしか考えられません。

「こう暑くちゃ、あんな母親じゃ大した料理もできないのじゃろう。帰りに友達と高級レストランでフルコースでも食べてこようかあ」

夜、娘が帰ってきました。「ねえ、夕飯食べる？」と私が聞きました。

「もう済ませてきたのよ」と娘。

「あらまあ」残念そうに言ったのですが、実はそんなことだろうと思って、夕飯は省略させていただきました。

オレオレ詐欺

「リーン、リーン」と電話が鳴った。お茶を飲んでいたおばあさんが重い腰をあげた。

「もしもし、あなただれ？」

若々しい声が聞こえた。

「おばあちゃん、おれだよ、おれ。あんたの孫じゃないか。忘れたの」

「何の用事だい」

「おれなあ、車の中に会社の金を入れていて、鍵をかけるのを忘れて、盗まれちゃったんだよ。今日中にお得意様に届けるお金だったんだ。百万でいいんだよ。貸してくれよ」

おばあさんは「何言ってんだよお前。先日娘から電話があったよ。息子にたまにはおばあちゃんのところに顔見せに行ったらと言ったとき、おまえ、なんて答えたか知ってるかい？『嫌だよ、あの婆さんのところへ行くと、いつも金がない、金がないと言ってオレに金をせびるからこわくて行かれない』と言ったそうじゃないか。そんなところに電話しても無駄だよ。おじいさんに代わるから」

「どれどれ」

おじいさんが電話口に出た。

「おお、いいときに電話してきたな。この前車買うのに五十万貸してあげただろ、それを先に返せ。それにお前の父親はおまえとちがって子どものころから優秀だったので、いま警視庁に勤めているではないか。直接職場に電話しなさい」

「そんなこと言わないで貸してよ。じゃなかったら、おれ、首になっちゃうよ」

「ちょうどいいじゃないか。この前うちに遊びに来たとき、上司が意地悪であんな会社辞めたいと言っていたではないか。チャンス、チャンス」

受話器が勢いよく置かれた。「もっと静かに置け」口の中でつぶやいた。

全国の高齢者の方々、オレオレ詐欺の僕ちゃんは高齢者が大好きです。

「なあ、ばあさん、ぼくのほうが詐欺師の上を行ってるだろう」おばあさんは、おじいさんを選んで正解だったと思った。

即時反応

私は小さいころから、せっかちで他人から「なぜそんなにあわてているの？」と聞かれるほどあわてふためいた人生を送っています。ある日のことです。悪玉コレステロールの値が高いからとかかりつけのお医者様からまだ飲んだことのない新しい薬をいただくと効能書を読む前に副作用の欄を見ます。

「この薬の副作用はまれに筋肉痛を起こします」

とたんにまだ飲む前に筋肉痛になってしまいます。まるでスマホの飛行機マークのようです。

さっそくその薬を持って信頼できる薬局にとびこみ、薬剤師の先生に「この薬は飲んでも大丈夫かしら？」と聞きました。決まって彼は、

「平田さん、この薬はたくさんの方が飲んでいますからご心配ないですよ」

とんで家に帰って娘に「ねえ、あの薬大丈夫だって」と報告しました。娘は私を見て、「どこで聞いてきたの。その話」

「ほら、ママが信頼している薬剤師さんよ」

娘は言いました。

「ママ、聞きに行くところがちがうんじゃない？　薬剤師さんが『お客様、なるべく薬は飲まないですめば飲まないほうがいいですよ。あまり薬は信用しないでください』、間違ってもそんなことは言わないよ」

「なるほど、そうかもしれないね」

娘の脳は私よりだいぶ若くできているのだろうか。今度どこに聞きに行ったらよいのでしょう。

大丈夫？

毎朝八時半から九時半まで幼稚園の門前で登園のお迎えをします。お母様と別れて門に入ってくるとき、ある園児さんが「お母さん、おうちにまっすぐ帰れる？　迷ったりしない？　大丈夫？」と言ったり、「今日はおなか痛くない？　大丈夫？」と念を押します。そのやさしい言葉にお母様はすっかり満足して帰っていきます。

私もいつの日か、わが子や主人からやさしいイントネーションで「大丈夫？」と語りかけてもらいたいと思いました。とうとう待ちに待ったその日が来ました。

丈夫な私が急に血圧が高くなり、「大丈夫かしら？」と主人に聞きました。彼は「大丈夫だよ。息をしている間は死んでいないから」ですって。このちがいはなんでしょう。愛情を測るものさしがあったら測ってみたい。あのかわいい男の子の顔が目に浮かびました。明日もまた「お母さん、大丈夫？」ときっと言うでしょう。

それはあたりまえ、お医者さんが患者の家族に「この患者さんは息はしているけれど、もうとうに死んでいます」と間違っても告げることはないでしょう。

ミニ健診

年に一回、ミニ健診おすすめの通知が市から各家庭に配布されます。ただで健診していただけるのになんとなく私にはミニ健診は気がすすみません。それでも健診票を持ってのこのこと出かけます。

朝食抜きでまず、尿検査、紙コップでの採尿、ふだん尿の色など見たことのない私の尿、なんてうす気味悪い色でしょう。いくつもたんすの中に眠っているこはくのペンダントの美しい色との差に気落ちします。

次は、体重、身長の測定、これがまた年々減っていきます。あら、伸び盛りのときから七センチも小さくなりました。それで今年こそはかかとを少し上げ、身長が伸びて「私まだ成長期よ」と言おうと思ったが、ドクターがじっと私の足もとを見て「かかとをつけてください」と言いました。

「なんでえ、少しぐらいカンニングしてもいいんじゃない」と言いたかった。

次は体重測定、ふだん粗食の上、空腹なので家での測定より一キロも減っていた。

「あと、一、二キロ太ってください」

〝豚じゃあるまいし、大変なんだぞ〟と心で思った。

次は心電図、昔から胸が貧弱だと劣等感にさいなまれている私の胸、吸盤のようなゴムを張られた途端に不整脈、次は採血、注射器の中の血液を見ると、タンスの中に入れてあるルビーの指輪の美しさとは比較にならない。最後にレントゲン、やれやれと思い帰宅して、一週間た

ってから結果を聞きに行きました。ドクターいわく、

「平田さん、血圧が上がった分だけ、体重が減り、身長が少なくなった分だけ悪玉コレステロールが増えましたね」

ざっとこんな結果です。とんで帰って親孝行な娘に報告すると、日ごろお料理もしたことのない娘が「それは大変」とばかり栄養学を研究し、太れ太れと豚にえさを与えるように料理をします。太るのも大変です。早速太っている友達にアドバイスをいただこうと訪問したら、彼女いわく、

「そんなこと簡単よ。食っちゃ寝、食っちゃ寝してれば太るよ。その代わり、脚は弱くなるけど」

そこで、私はどっちがいいのかと考えた。やっぱり脳みそのむだ遣いはよくない。よそう。

生娘の誇り

ある才女が婚約者と挨拶に見えました。美男、美女であるうえにお二人ともとても感じのよい方です。ある日美女に会ったとき、「ねえ、先日いらした婚約者の方、私のことなんておっしゃってた？」と聞きました。彼女は、

「彼ね、園長先生のこと、生娘のように清楚《せいそ》なお方との評価でした」

私にとってはすでに生娘なんて言葉は死語だと思っていました。青春時代からそんな評価をされたことはありません。子ども四人産んだ生娘は「あの方、女性を見る眼があるわね。あなたもすばらしい女性だから選ばれたのよ」と一言言いました。彼女も「そうね」と言いました。

「死ぬほど」からの教訓

「ねえ、あそこの喫茶店のケーキ、死ぬほどおいしい」「今日のテレビのドラマ、死ぬほど感激した」「デパートのお得意様への催しもののドレス、死ぬほど素敵だった」「今日のお笑い番組、死ぬほど笑っちゃった」

若者の会話に死ぬほど、死ぬほどという言葉が登場するのに不思議を感じます。「死ぬほど」という言葉は、理解できません。あなた、死んだことあるか？　死んだことのない人が死ぬほど、死ぬほどと、軽々しく言うな、と心に思いながら、私も死ぬほど笑ってみたい、死ぬほどおいしい料理を食べてみたい、なんて、誘惑されるこのごろです。それもこれも新型コロナのせいで自粛して、楽しみが少なくなったからでしょうか。

去年より、今年の自殺者が多いとテレビや新聞で報道されています。だれでも人間一度は死ぬのですから、急いで死ぬことはありません。人生、リラックスしてゆっくり、ゆっくり歩いていかなければ、ということを若者の会話から学んだのです。

アイラブユー

私が高校生のとき、おしゃまな、小さな従妹が「容子おねえちゃん、アイラブユーは銀座なんだって」と、よく言っていました。

その子の母親がある銀座の洋品店に勤めていて、そこで知りあった男性と結婚したからかと思いました。いまはどうでしょう。若い男女の戯れにアイラブユーという、言葉を言いあいます。その男女が成長すると、アイラブユーではなく、アイラブミーに変わっていきます。この世の中、アイラブミーの人間が増え寂しい限りです。人は必ず老います。歳をとってからアイラブユーと、言ってもらいたいと思ったら、若いときから周囲の人に愛をたくさん与えるべきです。私の小さなコンサートホールで定期演奏をしてくださっていた、シンガーソングライターの宮沢勝之氏の作詞作曲に、「世界中がアイラブユー」という曲があります。その曲を最後に手話交じりに演奏します。「またたく星に願いを重ね、明日の夢を信じていたら、会えるさきっと、ほんとうの自分。だって君は生きているんだ。だからたとえば愛に疲れて心が少しくじけそうでも、涙こらえて耳をすませば、聞こえてくるよ君へのすてきなラブソングｏｈ……アイラブユー　アイラブユー。世界中がアイラブユー。アイラブユー　アイラブユー。世界中がアイラブユー」

情熱的な歌声に、聴衆は涙にむせび、その会場は、たくさんの愛で満たされます。その歌のタイトルのように、世界中に愛が満ちあふれ、戦争のない、平和な時代が続いてほしいと思います。

三年十一ヵ月二十九日

いまから十二年前のことです。たくさんの教師との出会いがあり、その一人一人は、みんな素晴らしいところを持っていて、いつまでも忘れることができません。私は、彼女たちに贈る最後の一言をとても大切に思い、言葉の一つ一つを選び、あれこれ考えをめぐらせます。巣立ちゆく教師も私に対して、色々な言葉を残してくれます。そして、その言葉を、私の忘れ得ぬ思いで帳に書き留めることにしました。

「園長先生って、ほんとうはとてもよい先生なんですね。やっといまになって園長先生を理解することができました」この言葉は、忘れられない言葉のひとつです。彼女は、私の幼稚園に四年間勤務し、素晴らしい業績を残してくれましたが、ほんとうに私を理解してくれたのでしょうか。三年十一ヵ月二十九日、なんて嫌な園長だと思っていたのではないか。

最後の一つ

昔のたとえに「かわいくてかわいくて目の中に入れても痛くないです」と、孫の可愛さをたとえた人の話をよく聞いたものです。

私は、目の中にコンタクトレンズさえ入れていないので、風にのってきた小さな砂が目の中に入ったときの痛さを思い出しました。三人の孫のひとりが私に言いました。「おばあちゃんてさあ、最後の一つに弱いんだね」

最後の一つってなんだろう？　と考えてみた。そう言われれば思い当たることがあります。デパートの洋服売り場に行ったときなど、やさしい声の店員さんが、「お客様、このセーターは、とても評判がいいんですよ。朝からおかげさまで何枚か売れ、これが最後の一枚ですよ。いかがですか」と誘いの言葉をかけられますと、考えもしないで、すぐに買ってしまう。私の心の片隅に、チャンスを逃す方はないとの思いが沸々と沸き、何日かたってそのデパートの洋服売り場に行くと、私の洋服ダンスにぶら下がっている最後の一枚と全く同じセーターが、そこにすまして下がっています。あれは、最後のいくつめだったのだろう。

そう言えば何年か前、マンションのモデルルームを見に行ったときのことです。癒し系のセールスマンが、「奥様、このお部屋が最後の一つで、完売です」と勧められた。最後の一つに弱い私は、購入して転居したことがあった。あの日、半年もたったある日、同じセールスマンがまた廊下を歩いていた。「あら、あのお部屋最後の一つではなかったの?」と聞いたら、「奥様、あのモデルルームがほんとうに最後の一つでしたが、あれから住宅ローンの借り入れがうまくいかないでキャンセルがありました。まだ五部屋残っています。もう一部屋いかがですか?」

ですって。「とんでもない。うちだってローンの借り入れが危ないのよ。あなた、私が返したら最後の六部屋ですか?」

お姑さんとお嫁さんの共通点

五十一年間、園長職にある私にとって、時代の変化には驚かされます。いまでは姑とか、嫁とかという言葉は、死語になりました。そういう私も、何十年も前にお姑さんと同居しておりました。彼の母は、とても無口で上品な方でした。ある日、私のところに、友人Nさんが遊びに来ました。子ども同士が同年齢で、会話が弾み、楽しいひと時を過ごし、帰っていきました。隣室にいたお姑さんが、顔を出して「お二人の会話を聞いていると、ハラハラします。あの方、沈黙は金なりという諺をご存じないのかしら」と。「あら、お母さま、隣室で私たちの会話をハラハラして聞いていらしたなんて、申し訳ありませんでした。こちらにいる私たちも、もしかしたら隣室でお母さまが聞き耳を立てているかと、ハラハラしていました。姑と嫁は、どこか共通点があるのですね」と、言いたいところ、じっと沈黙になり、金になりました。

昔はお姑さんが、家庭教師で、お姑さんがお嫁さんを教育してくれました。ありがたいことです。いまは、「老いては子に従え」という、昔の教訓は、死語になりました。その理由は高齢者は、若い人たちより、お金を持っていて、お小遣いをもらわない人が多くなったからです。それを証拠に、流行語大賞の中に、何年も含まれておりません。

気の合わないお友達

歳を重ねるに従って、だんだんと友人との交流が少なくなります。以下、私と友人との会話をご紹介します。

私は、学生時代から不眠症で、夜中に目覚めると、なかなか眠れません。お医者様に行って

「どうしたらよいか」と聞きました。お医者様は、「それは大変ですね。この睡眠導入剤を飲んでください」。私は、とことん質問をする性格なので、色々尋ねました。「この薬を飲むとどうなりますか」「この薬を飲むとぐっすり眠れますが、副作用があります。稀に認知症になる人もいます」そこで、私は考えました。薬を飲まないで、高血圧になるか、薬を飲んで認知症になるか、どちらがよいかしら。夜、目覚めてそんなことを考えていたら一睡もできませんでした。さっそく友達のところにとんでいって、「あなたは、夜眠れる?」と聞きました。彼女は、「私ね、目を閉じて目を開けると朝になって体中の細胞がすべて新しく再生しているのよ」。

ああ、こんなお友達はダメだ。そこで、他のお友達のところに行きました。その友達が言うには、「あなた幸せね。眠れないなんて羨ましい。私なんか昼間も夜も眠くて起きていられないのよ」ですって。

それを聞いた私は、怒り狂い彼女の家を頻繁に訪問しました。いつも彼女は、横になって眠っています。私は、揺り動かして「いま六時よ。眠っていないで起きなさい」と、言いました。彼女は眠い目をこすりながら、「朝の六時? それとも夕方の六時?」そのときは、夕方の六時でした。「もうすぐ夕飯よ」私は音を立てて階段を下りて家路につきました。

また、あるとき、体重が減った私は、友人のところに行き、どうしたら太れるかを聞きました。彼女は、「あら、うらやましい。私なんかお水を飲んでも太るのよ」こんな友達ばかりでした。

Tくんの独り言

Tくんという名の元気な男の子が、年中組にいた。普段は、悪いことをしないが、相手が気に入らなくなると右足で相手を蹴る動作をする。そんなある日、園長の私がその場面を見た。「Tくん、どうしてそんなことをするの？　よいことと、悪いことはわかるでしょう？」と言った。彼は、小さな声で「ばばぁ」と一言言った。「いまなんて言ったの？」

Tくんはとっさに言った。「ウルトラマンて言ったんだよぉ」ああ、この子はよいことと悪いことがわかっているんだ。と、安心するやら感心するやら。今回は、許すが、次回は絶対に許さないと、私はムラムラと闘志がわいてきた。

それはないでしょう　その一

冬の寒い日、近所のスーパーにお弁当を買いに行った。あれにしようか、これにしようか、選んでいたら、私の目の前に以前住んでいた家の隣家の女性が私に話しかけてきた。「もしかしたら、平田さんですか」「もしかしなくても私は平田です」と、言おうとしたが、彼女の次の言葉を待っていた。「ずいぶん歳を取ったわねえ、人違いかと思ったけど、やっぱり平田さん。まあ驚いた」ですって。さすがの私も頭に血が上り、「あら、奥様、あなたはちっとも変わっていませんよ。昔のままです」と言ったら、彼女は嬉しそうな顔をして、買い物をして帰っていった。「なんだよ、おまえなんか、昔からばあさんみたいだったからいまもあまり変わらないよ」ともう一人の私が心の中で叫びました。重い荷物をかたかたいわせながら、わが家に帰って、さっそくこのことを娘に言ったら、「どんまい、どんまい」と彼女は言った。

それはないでしょう　その二

立川の伊勢丹の一角に人だかりがあった。そんなところは大好きな私がのぞいてみないはずがない。男性のセールスマンがイタリー製のフライパンを売っていた。興味深げに見ていた人たちは、だれ一人として、買いそうな気配はなかった。こんなに声を嗄らして宣伝しているのに……すぐになんでも同情する性格の私は、「ねえ、そのフライパン買うわ。もうすぐ国民年金が出るからね」「お客さん、いいことを言うねえ。気に入ったよ」と、セールスマン。途端に、隣にいたご婦人が「ねえ、奥さん、あなた、国民年金一万二千円じゃなくて、二万円のくち？」

大衆の前で年齢を聞かれたような嫌な気がして、さっさと品物を持ってその場を立ち去った。

「いまどきの人間は、老いも若きもメールばかりして、口の利き方がわからないんだろうか。もっと読書をしたり、話し方教室にでも通いなさい。デパートに来る暇があったらさあ」

もう一人の私が心の中で毒づいた。

遺産

遺産とは、死んだときに残す財産である、と国語学習辞典にあった。遺産ほど、もらうほうもあげるほうも面白くないものはない。もらうほうは、

「あのばあさん、よくこんなに金を貯めていたね。僕が車を買うとき、少し貸してくれと頼んだのに、『金なんてないよ』と、言ったすました顔、忘れられないよねえ」

「そうねえ。お使いに一緒に行ったとき、私ががま口を忘れちゃったと、言ったら、『まだ閉店までは時間があるから、出直してきたら』と、言われたわ」

ある娘は、「お母さんと外食するとふうふうと、伝票を私のほうに吹いてくるのよ」

死んでからも悪く言われるなんて、たまったものではない。そのことを友人に話したら、

「あなたねえ、少しは残しておかないと、周囲から嫌われますよ」

「大丈夫です。使い道を事細かに遺言状に残しておくから」

言ってしまってから少々心細くなった。一ヵ月の家計から、あと今月は何日残っているかしら。これだけあれば、なんとかなる。と、計算するけれど、寿命だけは計算ちがいということがあるから、収支決算だけは、しっかりとしなければねえ。

ある日の夫婦の会話

主人が言った。

「世の中で何がかわいそうだといっても、ゴキブリくらいかわいそうなものはない。殺されるために生まれてきたようなものだ」

その日から、私はこよなくゴキブリの味方になり、あの素っ頓狂な顔に愛情を持つことができるようになった。

ある日のこと、三階のベランダに一匹のゴキブリがいた。私はそっと紙でつかみ、

「さあ、今庭に放してあげましょう。でも、二度と帰ってきてはいけないよ。それにわが家は、ねねという素早い行動の猫がいるから命の保証はないよ。わが家以外のご近所にお世話になり

なさい」と、そのことを夫に告げた。夫は、

「きみもたまにはよいことをするね。ゴキブリが喜んでいただろう」

ですって。あのときのゴキブリ、どちらのお宅でお世話になっているのだろうか。その後の消息はわからない。亀の恩返しという物語があるが、ゴキブリの恩返しは、竜宮城に連れていってくれることは、ないでしょう。

世にも不思議

十日に一度ほどになってしまったが、学年ごとに園児さんを一堂に集め、礼拝と称して道徳教育の時間を持つ。園児さんたちは、一言も聞き漏らすまいと、澄んだ瞳で私を見つめる。

「今日の園長先生のお話はね」と、話しはじめる。

「心の美しい人はね、お口から出てくる言葉もきれいなのよ。相手の嫌なことを言ってはいけません。相手の嫌がることは、してはいけません」

「はあい」と、お手てを挙げた。

そんな日の午後、国会中継をテレビで見た。お偉い議員さんたちが、首相に発言していた。

「泥棒、詐欺師」発言しているあなたたちがどう思いますか。と、テレビに向かって質問した。

これだから日本の政治も教育もよくならないんだ。このおたんこなす！　のーたりん！　と叫んでしまった。私の言葉は、美しい心から出たのであろうか。

わが人生に悔いなし

昔々のその昔「わが青春に悔なし」という題の原節子主演、黒澤明監督の映画があったことを思い出した。いま、自分の人生を振り返ってみて、私は一九三一年五月六日の生まれである。即ち昭和六年五月六日、母が鼻高々に言ったそうな。

「この娘が大きくなって知能が足りなくても六、五、六という簡単な組みあわせは覚えていられるだろう」


その母は母である私の祖母から「あなたの誕生日は、明治三十五年五月十五日だから、少しぐらい頭が悪くても誕生日の年月日を忘れることはないでしょう」と言われたそうな。

いま考えると私の長い人生の中で一番よいときに生を受けたことを神様と両親に感謝している。幼児期には愛をいっぱいもらい、思考力のついてきたころには戦争の苦難を体験し、戦後は食糧難を体験し、女学校二年で終戦、その後は新制高校、新制大学に学ぶことができた。幸か、不幸か初恋の人と結ばれ、四人の子どもに恵まれた。二十代で夫を亡くした母は父の分まで二人の娘に親の愛を知らせようと、あと数日で百歳を迎える日までしぶとく生き抜いてくれた。感謝してもしきれません。

振り返ってみると、私は小学校二年のときに近所のお寺の附属幼稚園に遊びに行ったとき、足踏みオルガンを弾きながら黄色い声で歌っていた教師を見て、大きくなったらもっと大きなピアノで歌を教えたいと思った。小学校の高学年のとき、将来は音楽の教師になりたいとピアノに興味を持った。女学校二年の八月十五日玉音放送を聴きながら小学校の教師であった母は、「国敗れても教育は残る」そのとき私はやはり教師になろうと思った。六年後千葉大学教育学部音楽科に籍を置いた。結婚してから昭島に住み、昭和四十七年にあけの星幼稚園を設立し、三〇一四名の卒園生を小学校に送りだした。

そのほかステージに立てない私に代わって私の夢を叶えるべく、自宅である歯科医院の隣接地に「さくらオーディトリアム」というコンサートホールを設立し、バリトン加耒徹氏の定期演奏、テノールの島川高正氏、ニュージーランドのピアニストであるパスカル・ハリス氏、そのほか多くの演奏家のお役に立っている。それも一重に〈あけの星幼稚園の理事長〉であり夫である平田幹男氏の理解の賜物と感謝しています。その他私に協力してくださった多くの人々、私の人生を盛り上げてくださった人々、可愛い園児さんやその保護者の方々にも。最後にこの本を編集してくださった文芸社の編集員の方々にも深く御礼申し上げます。

明日またね

明日という言葉は、明るい日と書きます。今日楽しければ、明日も楽しく、今日苦しくても、明日は明るい日になりますように。という意味が込められています。昔、母のもとを訪れて帰ってくるとき、母は、門まで見送りに来て、「明日またね」と、名残惜しそうに言いました。

私の幼稚園の園児さんたちのお帰りの歌、「今日も楽しくすみました。仲よしこよしで帰りましょう。先生、さよなら、またまた明日」と、歌います。私の子どものころに戦争がありました。明日が来るのか、今夜空襲で死んでしまうのではないか、と明日に期待も希望も持てない時代でした。明日またね、と、自信を持って言うことのできる喜びの日々……

その他、山口あかり作詞、小林亜星作曲。「にんげんっていいな」の一節に「夕焼けこやけでまたあした。またあした」と、あります。また明日ね、と自信を持って言うことのできる喜び、平和が永遠にありますように、そして毎日の生活が笑いに満たされているよう、こんな夕イトルはいかがでしょう。

あとがき

歯学博士　平田幹男

「随筆を書いてみようかしら」「いいじゃない」。私は軽く受け流した。「物を書くことは頭の運動にもなるし、それに思ったことは書き留めておかないと忘れてしまうものね」。そして何にも増してストレスの解消にもよいのではないかと思ったからであった。

四、五ヵ月後、例の原稿が二百数十枚もたまったという。いささかの驚きと、せっかく書いたのなら活字にしたらという気持ちが錯綜《さくそう》した。その後彼女は自身でアタック・メイト社の枝本社長に話をつけ、出版に漕ぎ着けたという。まさに「瓢箪《ひょうたん》から駒」の思いであった。

もともと中学校の音楽教師をし、結婚後、私の仕事（歯科医業）を何年か手伝い、その後設置するようになった幼稚園の園長として、十数年も幼児教育に専心している彼女のことであるから、話題には事欠かないはずである。しかし、当然わが家のことやら、私の粗探しなども書かれているであろうと思うと、とても原稿に眼を通す気持ちにはなれなかった。いよいよの段になったとき、私はこれを自分たちのこととせずに、第三者としてこんな友人たちや、家庭があるのだと思って見ることにした。そしてそれなりの可笑しさや、ペーソスを感じ取っていただけたのではないかと思っている。

彼女の抜群の記憶力と即決力が本書出版の原動力であったと感じるのである。しかしその内容は、ごく平凡な主婦として、母としてまた最も普通の家庭人としての平和で健康的で、明るく、ほがらかな家庭づくりの願望の表れとは言えないだろうか。楽しい人生や、家庭づくりの勧めと受け止めていただきたいと思っている。世の中が種々と難しく、高度になって行く時代に、ますます要求されるもの、それはおなかの底からの笑いと、だれからも共感を持たれるユーモア批判ではないだろうか。本書が何等かの意味で、そのようなねらいに的を射ているとすれば、こんな嬉しいことはない。

終わりに編集ならびに出版の労をとられた枝本良信氏に心からの感謝をしたい。

（アタック・メイト社で出版した当時のあとがきより）

著者プロフィール

平田 容子（ひらた ようこ）

1931年５月、千葉県銚子市に生まれる。

千葉県立千葉女子高等学校、千葉大学教育学部を卒業。

学校法人聖書学園、千葉市立椿森中学校、あけの星幼稚園勤務。保護司歴27年。

一男三女の母。

著書に『物は見よう気は持ちよう』（アタック・メイト社、1986年）、『幸福の風船』（文芸社、2009年）がある。

明日またね

2021年４月15日　初版第１刷発行

著　者　平田 容子
発行者　瓜谷 綱延
発行所　株式会社文芸社
〒160-0022　東京都新宿区新宿１－10－１
電話　03-5369-3060（代表）
03-5369-2299（販売）

印刷所　株式会社フクイン

ISBN978-4-286-22588-3